韓國年輕人都醬說

這99句韓語,
不會怎麼行?

머리말

　　대만에서 한국어를 가르친다는 것은 신나고 재미있으면서도 한 편으로는 무거운 책임이 따르는 일임을 매일 절감합니다. 교실에서 마주하는 학생들의 열정, 그리고 학생들이 제게 보여주는 신뢰와 사랑은 저를 움직이는 원동력입니다.

　　대만에서 한국어를 가르치면서 늘 안타까웠던 점은, 학생들이 '단어'를 외우는데 학습 시간의 대부분을 소비한다는 것이었습니다. 단어'만' 외워서는 아무 소용이 없습니다. 자신의 입으로 말하지 못하고, 귀로 듣지 못하는 단어는 라틴어와 같은 '사어(死語)와 다를 바 없습니다. 때문에 학생들은 그 많은 시간을 들여 단어를 외웠음에도, 여전히 완전한 문장을 말하지 못하고, 단어 몇 개를 나열합니다. 학습 의욕이 점점 줄어들 수 밖에 없지요.

　　그래서 저는 초급/중급 학습자들에게 '문장을 통째로 외우라'고 가르칩니다. 그 단어를 외우기 전에, 자신이 말하고 싶은 '문장'을 '통째'로 외우면, 그 말을 해야 하는 순간에, 머릿속으로 작문을 하는 시간을 거치지 않고, 바로 그 말을 내뱉을 수 있기 때문입니다. 문장을 통째로 외웠기 때문에 문법이 틀릴 리도 없을 뿐 더러, 이렇게 외운 문장 속의 단어는 저절로 기억됩니다. 많은 시간을 들이

지 않고도 유창한 한국어를 할 수 있는 지름길이 바로 이것입니다 .

　실제로 학생들이 제게 생생한 경험담을 많이 들려 줍니다 . 한국에 여행을 갔을 때 , 갑자기 한국 사람을 만나니 머릿속에 하얘지면서 무슨 말을 해야 할 지 몰라 평소에 외웠던 문장을 몇 마디 '낭송' 했는데 , 그 한국 사람이 깜짝 놀라며 어떻게 그렇게 한국어를 잘하냐고 했다는 이야기를 수도 없이 듣습니다 . 이게 바로 '문장을 통째로 외운' 학습자만이 느낄 수 있는 희열입니다 .

　그래서 이 책을 썼습니다 . 요즘 젊은 사람들이 가장 자주 말하고 , 가장 잘 하는 말을 골라 통째로 외우면 , 그 말을 자주 쓸 수 있고 , 한국어로 내가 하고 싶은 말을 수시로 말할 수 있다면 , 마치 내가 한국어를 유창하게 하는 것처럼 느껴지기 때문입니다 . 이 성취감이 바로 여러분이 한국어를 공부할 때 큰 힘이 되어 줄 것입니다 .

　한국어를 자주 듣는데 한국어 실력이 늘지 않으세요 ? 단어를 열심히 외우는데 아직도 한국 사람을 만나면 더듬더듬 이야기 하시나요 ? 그럼 , 이 책의 99 문장을 통째로 외워 보세요 . 그리고 어느 순간 부지불식간에 내가 하고 싶은 말을 완전한 문장으로 내뱉는 자신을 발견해 보세요 . 그 순간이 바로 재미있고 흥미진진한 한국어 학습의 세계로 한 발 더 내딛는 짜릿함을 선물할 것입니다 .

　끝으로 , 저를 위해 하루도 기도를 쉬지 않는 어머니 , 매 순간 응원을 아끼지 않는 남편 , 그리고 존재만으로 힘이 되는 딸 은성에게 감사의 말을 전합니다 .

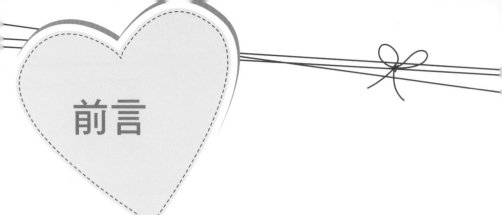

前言

　　自從在台灣開始從事韓語教學後，我的每一天都過得充實精彩，並且沉浸在教學的樂趣中。但是，另一方面我卻也深刻地體會到為人師表所要擔負的沉重責任感。學生的熱情、還有他們對我的信賴及愛護都是促使我勇往直前的原動力。

　　在台灣從事韓語教學時，我總是十分惋惜學生往往將大部分的時間都花費在背誦「單字」這件事上。因為對於增進韓語能力來說，只靠背誦單字，其實收效甚微。為什麼呢？因為無法從自己的嘴巴說出來、同時也無法用耳朵聽解的單字就有如拉丁語一般，是「死的語言」，毫無用武之地。也因此學生們儘管花了許多時間背誦單字，卻僅能將幾個單字列舉出來，無法說出一句足以進行溝通的完整句子。

　　為了解決這個問題，面對初、中級學習者時我會用「整句背誦」的方式教導他們。換句話說，如果在死背單字之前，就能先將自己想說的句子背誦起來，那麼在需要說出那句話時，就可以省去在腦中造句的時間，並且直接反應說出。也因為直接背誦整句句子，不只文法不會出錯，同時在句子中出現的單字也自然地成為記憶的一部份。這就是能夠在短時間內流暢地說出韓語的重要秘訣。

能夠徹底貫徹這個原則的學生，時常告訴我許多親身體驗的經驗談。好比說，當他們到韓國旅遊，見到韓國人時，可能當場腦袋就變得一片空白，完全不知道該說些什麼。此時，他們只好「朗誦」幾句平時背誦的句子，結果韓國人就用驚訝的表情問說：「你的韓語怎麼會這麼好？」這樣的情況不勝枚舉，而這樣的喜悅也只有活用「整句背誦」這個秘技的學習者才能夠體會。

　　而這也正是我寫這本書的原因。透過背誦時下年輕人常說的句子，不僅能正確表達自己的意思和想法，同時也能無障礙地和韓國人溝通。此時，感覺到自己能夠流暢地利用韓語對話的成就感，對於往後持續學習韓語時會是極大的助力。

　　覺得常常看韓劇、聽韓語，但韓語能力卻始終不見增長嗎？拼命死背了一堆單字，但是見到韓國人卻還是結結巴巴說不出完整句子嗎？那麼你一定要試試將本書所列舉出的 99 個句子全部背下來！你會發現，不知不覺中，想說的話都成了一句句完整的句子。在那一剎那，你會因為邁向一個全新的韓語學習世界而感到欣喜若狂，所有的學習辛苦在此時也將化為甜美的果實。

　　最後我要感謝我的媽媽，她每天都為我祈禱。我也要感謝全力支持我的老公、還有我的女兒——恩誠；因為她的存在，而讓我的生命圓滿，並且充滿力量。

魯水晶

本書使用方法

Step1　跟我大聲說

本書每個單元會介紹 3 個主要句子，讀者可以透過模倣 MP3 的腔調、語氣，進行正常語速、慢速語速的反覆練習，直到自己可以不看書也能流利地把這些句子「說」出來。

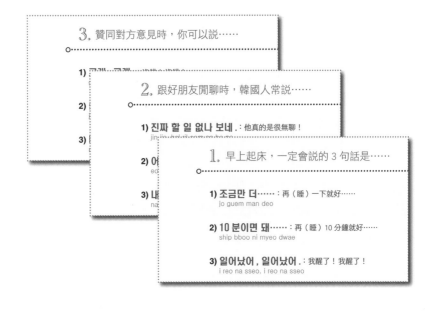

3. 贊同對方意見時，你可以說……

1)

2)

3)

2. 跟好朋友閒聊時，韓國人常説……

1) 진짜 할 일 없나 보네 .：他真的是很無聊！
jin jja hal il eop na bo ne

2) 어
eo

3) 내
na

1. 早上起床，一定會說的 3 句話是……

1) 조금만 더……：再（睡）一下就好……
jo guem man deo

2) 10 분이면 돼……：再（睡）10 分鐘就好……
ship bboo ni myeo dwae

3) 일어났어, 일어났어 .：我醒了！我醒了！
i reo na sseo, i reo na sseo

Step2 了解為什麼

不過,為什麼要這樣說?如果完全只是會「唸」句子,無法理解應用的場合與對象,也無法進行有效溝通吧?別擔心!透過本單元,讀者可以進一步了解這些句子適用的情境與形成的原因。如此一來,便能夠掌握

● 會這樣說的原因是……

一般韓國人早上起床的時候都會覺得「還沒睡飽,累死了」(這一點台灣與韓國真是同病相憐,大家都睡不飽),所以一聽到鬧鐘就會說 **조금만 더**(再睡一下就好)。這句話是要向來叫自己已起床的人表示「我要賴床」,一方面也是在騙自己「還來得及」。所以接下來還會繼續催眠自己 **10 분이면 돼**……(再睡 10 分鐘就好),這時候多半就是表示「十分鐘後我真的非起床不可啦」。最後,當老婆╱老公開始碎碎唸 **너 회사 안 갈거야?**(你不用上班嗎?)的時候,你可以一邊裝出已經清醒來的樣子,一邊說**일어났어, 일어났어.**(我醒了!我醒了!)要記得喔!在英文書上動不動就登場的「現在幾點?」其實幾乎用不到。因為現代社會科技很發達,大家看自己的手機就知道現在幾點,所以在這裡就不特別介紹「Do you have the time」。所以我們什麼時候會用到「現在幾點?」呢?請翻到本書介紹「吵架、罵人」的主題吧!

相應的情境,不必擔心自己是不是說錯話或弄錯場合、對象。

Step3 單字輕鬆學

能夠開口說,學習單字就更容易囉!水晶老師說,先掌握句子,再掌握單字,不但更能夠活用每個單字,也更能夠快速掌握單字的特性與配置。學韓文,其實一點都不難!

＊ 順便學點補充單字 ＊

1) 조금만:只要一點、一下

2) 더:再、多一點

3) 純韓文數字 + **시**:點
漢字語數字 + **분**:分

Ex)다섯 시 오 분:5點5分
여덟 시 삼십 분:8點 30分

4) 돼:可以(原形:**되다**)

「純韓文數字」
「漢字語數字」請
參考第 33 單元。

Step 4 無痛延伸法

覺得光是學 3 句還不過癮？沒問題！我們再多學一點點——在充分掌握情境的前提下，水晶老師帶大家自然而然地將我們之前已經學到的句子做一個延伸，不但拉開韓語學習的廣度，也同時加深讀者學習韓語的深度。

● 稍微多學一點點

想再多睡一點嗎？這時你可以說**아침 안 먹어도 돼.**（不吃早餐也沒關係）因為韓國人通常在家裡吃早餐，而且幾乎都是老婆煮飯給老公吃。因此韓國的早餐店沒有台灣這麼厲害。**아침 안 먹어도 돼.**（不吃早餐也沒關係）這句話的意思就是「我不吃早餐了，要用吃早餐的時間再睡一下下，所以不要再罵我。」以此類推，韓國人另外一個常用的賴床藉口是：**머리 안 감아도 돼.**（不洗頭髮也沒關係）為什麼呢？因為韓國人通常都是在早上洗頭髮，頭髮還沒乾就馬上出門上班。再加上韓國天氣本來就比較乾，而且首爾很大，一般上班族的通勤時間大約在一個小時左右，足夠讓頭髮自然風乾。所以當我們說**머리 안 감아도 돼.**（不洗頭髮也沒關係）意思就是「我不洗頭髮了，要用洗頭髮的時間再睡一下下，所以不要再罵我囉。」

Step 5 回應聽得懂

光只是「說」還不夠，語言學習一定要能夠「聽懂」與「回應」才行！循序漸進，確實掌握「聽」、「說」、「問」、「答」，自然能夠達成有效的溝通！

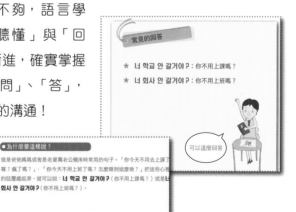

常見的回答

★ 너 학교 안 갈거야？：你不用上課嗎？

★ 너 회사 안 갈거야？：你不用上班嗎？

可以這麼回答

● 為什麼要這樣說？

這是爸爸媽媽或者是老婆罵老公賴床時常用的句子。「你今天不用去上課了嗎？瘋了嗎？」、「你今天不用上班了嗎？怎麼睡到這麼晚？」把這些心裡的話壓抑起來，就可以說：**너 학교 안 갈거야？**（你不用上課嗎？）或是**너 회사 안 갈거야？**（你不用上班嗎？）。

Step 6 韓國文化好好學

學韓語，不能光只是學
「怎麼說」，還要學語
言之後的文化！水晶老
師不但在每一個小節裡
都提示讀者「為什麼會
這麼說」，更針對台灣
讀者的常常誤會的韓國
文化做出說明。

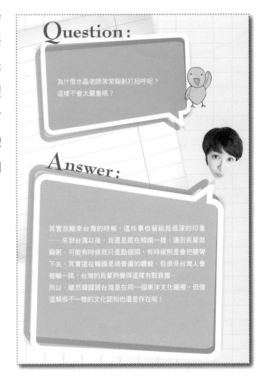

Question:

為什麼水晶老師常常鞠躬打招呼呢？
這樣不會太嚴重嗎？

Answer:

其實我剛來台灣的時候，這件事也留給我很深的印象
——來到台灣以後，我還是跟在韓國一樣，遇到長輩就
鞠躬。可能有時候我只是點個頭，有時候則是會把腰彎
下去，其實這在韓國是很普遍的禮貌，但很多台灣人會
被嚇一跳。台灣的長輩則覺得這樣有點負擔。
所以，雖然韓國跟台灣是在同一個東洋文化圈裡，但像
這類很不一樣的文化認知也還是存在呢！

韓語羅馬拼音
對照表

本書原則上依照韓國國立國語院發佈之羅馬拼音標註。母音與子音之羅馬拼音請見下表：

◆母音

ㅏ	ㅓ	ㅗ	ㅜ	ㅡ	ㅣ	ㅐ	ㅔ	ㅚ	ㅟ
a	eo	o	oo	eu	i	ae	e	oe	wi

ㅑ	ㅕ	ㅛ	ㅠ	ㅒ	ㅖ	ㅘ	ㅙ	ㅝ	ㅞ	ㅢ
ya	yeo	yo	yu	yae	ye	wa	wae	wo	we	ui,e,i

◆子音

ㄱ	ㄴ	ㄷ	ㄹ
k,g	n	t,d	r,l

ㅁ	ㅂ	ㅅ	ㅇ	ㅈ
m	p,b	s,sh	ng	j

ㅊ	ㅋ	ㅌ	ㅍ	ㅎ
ch	k	t	p	h

ㄲ	ㄸ	ㅃ	ㅆ	ㅉ
gg	dd	bb	ss	jj

- 標有藍色底線者為外來語，直接以該英語單字標註。
  例如：**카페 라떼** caffe latte
- 為使標音更加容易閱讀，每個字中間皆有空格。
  例如：**조금만** jo geum man
- 韓語有連音現象，本書依連音後的發音來標註。
  例如：**까먹었어** gga meo geo sseo

目錄

Part 1. 與生活有關的45句韓語

Part 2. 不開心時用得上的30句韓語

不嗨森！

Part 3. 台灣、韓國很不同的24句韓語

PART 1

與生活有關的
45 句韓語

1. 早上起床，一定會説的 3 句話是……

1) 조금만 더…… ：再（睡）一下就好……
jo geum man deo

2) 10 분이면 돼…… ：再（睡）10 分鐘就好……
ship bboo ni myeon dwae

3) 일어났어, 일어났어. ：我醒了！我醒了！
i reo na sseo, i reo na sseo

● 會這樣説的原因是……

一般韓國人早上起床的時候都會覺得「還沒睡飽，累死了」（這一點台灣與韓國真是同病相憐，大家都睡不飽），所以一聽到鬧鐘就會説 **조금만 더……** （再睡一下就好）。這句話是要向來叫自已起床的人表示「我要賴床」，一方面也是在騙自己「還來得及」。所以接下來還會繼續催眠自己 **10 분이면 돼……** （再睡 10 分鐘就好），這時候多半就是表示「十分鐘後真的非起床不可啦」。最後，當老婆／老公開始碎碎唸 **너 회사 안 갈거야？** （你不用上班嗎？）的時候，你可以一邊裝出已經醒來的樣子，一邊説 **일어났어, 일어났어.** （我醒了！我醒了！）要記得喔！在英文書上動不動就登場的「現在幾點？」其實幾乎用不到。因為現代社會科技很發達，大家看自己的手機就知道現在幾點，所以在這裡就不特別介紹「Do you have the time」。所以我們什麼時候會用到「現在幾點？」呢？請翻到本書介紹「吵架、罵人」的主題吧！

✳ 順便學點補充單字 ✳

1) **조금만**：只要一點、一下

2) **더**：再、多一點

3) 純韓文數字 + **시**：點

   漢字語數字 + **분**：分

Ex)다섯 시 오 분：5 點 5 分

   여덟 시 삼십 분：8 點 30 分

4) **돼**：可以（原形：**되다**）

「純韓文數字」
「漢字語數字」請
參考第 33 單元。

● 稍微多學一點點

想再多睡一點嗎？這時你可以說**아침 안 먹어도 돼.**（不吃早餐也沒關係）
因為韓國人通常在家裡吃早餐，而且幾乎都是老婆煮飯給老公吃。因此韓國
的早餐店沒有台灣這麼厲害。**아침 안 먹어도 돼.**（不吃早餐也沒關係）這
句話的意思就是「我不吃早餐了，要用吃早餐的時間再睡一下下，所以不要
再罵我。」以此類推，韓國人另外一個常用的賴床藉口是：**머리 안 감아도
돼.**（不洗頭髮也沒關係）。為什麼呢？因為韓國人通常都是在早上洗頭髮，
頭髮還沒乾就馬上出門上班。再加上韓國天氣本來就比較乾，而且首爾很
大，一般上班族的通勤時間大約在一個小時左右，足夠讓頭髮自然風乾。所
以當我們說**머리 안 감아도 돼.**（不洗頭髮也沒關係）意思就是「我不洗頭
髮了，要用洗頭髮的時間再睡一下下，所以不要再罵我囉。」

常見的回答

＊ **너 학교 안 갈거야？**：你不用上課嗎？

＊ **너 회사 안 갈거야？**：你不用上班嗎？

可以這麼回答

● 為什麼要這樣說？

這是爸爸媽媽或者是老婆罵老公賴床時常用的句子。「你今天不用去上課了喔？瘋了嗎？」、「你今天不用上班了嗎？怎麼睡到這麼晚？」把這些心裡的話壓縮起來，就可以說：**너 학교 안 갈거야？**（你不用上課嗎？）或是**너 회사 안 갈거야？**（你不用上班嗎？）。

2. 跟好朋友閒聊時，韓國人常說……

2. 跟好朋友閒聊時，韓國人常說……

1) 진짜 할 일 없나 보네. ：他真的是很無聊！
jin jja hal ril eom na bo ne

2) 어쩐지…… ：怪不得……
eo jjeon ji

3) 내가 그럴 줄 알았어 ：我早就知道會那樣了！
nae ga geu reol joo rara sseo

● 會這樣說的原因是……

진짜 할 일 없나 보네.（他真的是很無聊耶！）這句話台灣人也很常說。台
灣人看到有人沒事找事做或太八卦的時候，通常都會說「真的很無聊耶」。
韓國人是說**진짜 할 일 없나 보네.**（他真的是很無聊耶！）這句話原本的意
思是「他真的沒事做」，也就是他太閒了才會那麼八卦去講別人的事情，所
以這句可以當作「他真的很無聊」來用。

還有，當你聽到你早就猜到的事情，可以說這兩句：**어쩐지……**（怪不
得）、**내가 그럴 줄 알았어.**（我早就知道會那樣了）。**어쩐지**是把「難怪那
個人或那件事情那麼詭異」這句內心話壓縮起來說的。**내가 그럴 줄 알았
어.**（我早就知道會那樣了）則是有「我早就猜到他葫蘆裡賣什麼藥了，你
看，我猜得沒錯吧」這樣的意味。

✳ 順便學點補充單字 ✳

1) **진짜**：真的是～

2) **할 일**：要做的事情

Ex) **나 오늘 할 일 없어. 시간 많아.**：我今天沒有事，很有時間。

3) **알았어**：我知道了 （原形：**알다**）

Ex) **알았어, 알았어, 그만 얘기해.**：知道了，知道
了，不要再說了。

4) **없다**：沒有

5) **-네 / 네요**：～呢，～啊

● 稍微多學一點點

大家很開心地說人閒話時，一定會有人潑冷水說**우리가 이렇게 얘기하는 게 무슨 소용 있어? 그만 하자.**（我們這樣說東說西有什麼用？到此為止吧）。
這時候氣氛突然變得很僵，大家只好摸一摸鼻子說**그래, 남 얘기 해서 좋을 거 없지. 뭐 먹을까?**（也對，說別人也沒什麼好處。我們要吃什麼？）來轉移話題。

常見的回答

* 그냥 신경 꺼. : 不要管他！

* 무시해 : 不要理他！

可以這麼回答

●為什麼要這樣說？

大家一起閒聊時，有人會覺得閒話聊太久了，要趕快把這個話題結束，便會
說**그냥 신경 꺼.**（不要管他）或**무시해**（不要理他），對話就會自然而然結
束了。

而且，聽別人的八卦，一直講閒話，這都對自己也沒什麼好處，而且因為別
人而憤怒或生氣更是浪費自己的腦細胞，太不值得了，所以就不要理他吧，
무시해！（不要理他）。這一切都是為了自己精神健康著想！

좋아, 좋아.
好啊，好啊

3. 贊同對方意見時，你可以說……

1) 그래, 그래. ：沒錯！沒錯！
geu rae geu rae

2) 좋아, 좋아. ：好啊！好啊！
jo a jo a

3) 내 말이 ‼ ：就是啊！
nae ma ri

● 會這樣說的原因是……

跟台灣朋友聊天的時候，我最常聽到的一句話是「就是啊！」韓國人也很喜歡用 **내 말이 ‼**（就是說啊！）這句話來表達自己贊同對方的說法。「**내**」是「我的」，**말**是「話」。意思是「我要說的那句話就是你剛剛講的那句話」。而當我們被別人徵詢意見時，如果用 **좋아, 좋아.**（好啊！好啊！）來回答，意思就是「聽起來很棒！我十分同意你的意見／想法，沒有其他意見。」如果能夠邊拍手邊說就更好了！

假設朋友問你「我們吃涼麵好不好？」，你回答說 **좋아, 좋아.**（好啊！好啊！）他會接著說 **그럼 이걸로 한다～**（那我決定要這個哦／那我要點這個菜哦）。

另外，台灣人常說的「對對對！沒錯、沒錯！」的韓文版就是 **그래, 그래。** 不過說這句話的時候要特別注意語氣，如果帶著不好的表情，這句話的意思就會變成「好啦、好啦」，有雖然同意，但其實不太耐煩的意味。

＊ 順便學點補充單字 ＊

1) **그래**：那樣（原形：**그렇다**）

2) **좋아**：好（原形：**좋다**）

   안 좋아：不好（原形：**안 좋다**）

   싫어：不喜歡（原形：**싫다**）

2) **내**：我的

3) **말**：話

● 稍微多學一點點

내 말이‼（就是說啊！）的另外一個版本是**누가 아니래？**這句話的意思是「有誰說不對嗎？」也就是「沒有人說不是、沒有人說不同意」。我自己比較喜歡用的是**누가 아니래？**，因為這個句子有一種「無論是誰，都會同意你的意見，你講得都很貼切」的意味。

不過，當朋友問我想吃什麼，我卻只是說**좋아, 좋아.**（好啊！好啊！）就有可能被誤會我是不是不太想吃飯？或者是不想跟他一起吃飯？在這樣的狀況下，我們再補充這句**다 좋아.**（我都可以，我都很好）就沒問題囉！

常見的回答

＊ **그치？그치？**：對吧？對吧？

可以這麼回答

● 為什麼要這樣說？

人大多希望得到別人的認同，希望自己的親朋好友都能與自己站在同一邊，因此會先確認是不是大家都贊同自己的想法。所以，如果你的朋友向你抱怨某個人對他很不好、很糟，而你附和朋友**그래，그래.**（對、對），這就表示你贊同他的意見，或者你真的有在聽他抱怨。在這樣的情況下，對方常見的回應就是**그치？그치？**（對吧？對吧？）意思就是很開心你同意他的意見，或是很高興你有認真聽他說話。

而如果你聽朋友講話時常用這句**내 말이‼**（就是啊！）對方就會很放心地繼續說下去。這樣說才能「互動」跟「溝通」，也是渴望得到認同的本能，哈哈！

Question :

為什麼水晶老師常常鞠躬打招呼呢？
這樣不會太嚴重嗎？

Answer :

其實我剛來台灣的時候，這件事也留給我很深的印象
——來到台灣以後，我還是跟在韓國一樣，遇到長輩就
鞠躬。可能有時候我只是點個頭，有時候則是會把腰彎
下去，其實這在韓國是很普遍的禮貌，但很多台灣人會
被嚇一跳，台灣的長輩則覺得這樣有點負擔。

所以，雖然韓國跟台灣是在同一個東洋文化圈裡，但像
這類很不一樣的文化認知也還是存在呢！

4. 一邊暗爽，一邊可以說？

속이 다 시원
하다.
真爽！

4。一邊暗爽，一邊可以說？

1) 쌤통이다.：爽～（可愛版）
ssaem tong i da

2) 잘 됐다.：太好了！
jal dwaet dda

3) 속이 다 시원하다.：真爽！（一般）
so gi da si wo na da

● 會這樣說的原因是……

其實在韓國沒有「暗爽」這樣的說法，我們可以用以上這些句子來表達自己爽的程度。如果你平常跟某個人感情不好，每次都被那個人欺負，有一天你看到他被別人痛打一頓，心裡覺得很爽（哼！活該！輪到你了吧！）這樣的情況你可以邊吐舌頭邊跟自己說**쌤통이다.**（爽～）是不是有很可愛的感覺呢？但要特別注意，說這句話的時候千萬不能讓對方聽見，因為這句話是要偷偷說給自己聽的。

另外，**잘 됐다.**（太好了！）是正面負面都可以用，你看到朋友有好事的時候可以說**잘 됐다.**（太好了！），你看到自己平常看不太順眼的人遇到很糟糕的事情也能說**잘 됐다.**（太好了！）。最後，**속이 다 시원하다.**（真爽！）的意思接近通體舒暢，所以台灣人要說「真爽」的時候可以用這句。

✳ 順便學點補充單字 ✳

1) 속：心裡，心情

2) 다：都

3) 시원하다：涼爽

● 稍微多學一點點

這三個句子跟很熟的朋友說比較保險，不然原本沒什麼的事情也可能造成誤會喔！特別是**쌤통이다.**（爽～）這句，如果你用裝可愛的方式表達，是可以跟朋友說的，例如，你朋友邊走路邊說你不好時，突然撞到別人或電線杆時，這時就可以對他說**쌤통이다.**（爽～）。但如果是長輩或點頭之交？保留在心裡比較好！

常見的回答

* **죽는다.**：你找死喔！

* **너 진짜 못됐다.**：你真的很壞！

* **그게.**：就是啊～

可以這麼回答

● 為什麼要這樣說？

你對朋友表示你很爽，他很不爽地回答你說**죽는다.**（你找死喔！）這句，
就等於你看到我的不幸還那麼高興，我對你這樣的態度很不爽的意思。
又或是當你看到別人的不幸說**잘 됐다.**（太好了！）你朋友可能會覺得你很
壞，就會說**너 진짜 못됐다.**（你真的很壞！）
如果朋友也完全同意你爽的那個「點」的話，就會附和你說**그게.**（就是
啊～）

5. 這個要怎麼吃？

5. 這個要怎麼吃？

1) 어떻게 먹어요?：要怎麼吃？
eo ddeo ke meo geo yo

2) 어떻게 보관해요?：怎麼保存？
eo ddeo ke bo gwan hae yo

3) 깍두기만 파세요?：你們有單賣蘿蔔泡菜嗎？
ggak ddoo gi man pa se yo

● 會這樣說的原因是……

很多韓國食物看不出來該怎麼吃，因此需要問**어떻게 먹어요?**（這個要怎麼吃？）這句代表「可不可以微波」、「要怎麼煮」等問題。對了，也要記得問**어떻게 보관해요?**（怎麼保存？）因為很多韓國食物沒有加防腐劑，保存期限也很短，所以應該要了解一下如何保存。最後，很多台灣人去韓國吃人參雞的時候，都覺得配菜蘿蔔泡菜真的很好吃，想要買回去台灣。如果你想買這個蘿蔔泡菜的話，可以問餐廳老闆説 **깍두기만 파세요?**（你們有單賣蘿蔔泡菜嗎？）意思就是我只要買蘿蔔泡菜。

✳ 順便學點補充單字 ✳

1) **어떻게** + 動詞：怎麼～

EX)어떻게 가요? 怎麼去？

2) **먹어요**：吃（原形：**먹다**）

3) **보관해요**：保存，保管（原形：**보관하다**）

4) **깍두기**：蘿蔔泡菜

● 稍微多學一點點

問老闆**깍두기만 파세요?**（你們有單賣蘿蔔泡菜嗎？）的時候記得順便問一下這兩句：**진공포장 돼요?**（可以真空包裝嗎？）、**이거 세관 통과 돼요?**（這個可以通過海關嗎？）通常人參雞餐廳老闆應該都能夠回答這些問題。最後，跟他說 **1kg [일킬로 / 일키로] 만 주세요.**（我只要一公斤），他就會給你已經真空包裝好了的一包蘿蔔泡菜啦。這邊要跟大家說一下，kg 正確的韓文寫法是「**킬로**」，但因為一般人都唸作「**키로**」，所以老師把兩個唸法都寫出來給大家看喔！

常見的回答

✱ **데워 드시면 돼요.** : 加熱吃就可以了。

✱ **냉장고에 넣으세요.** : 放在冰箱裡。

✱ **돼요. 어떻게 드릴까요?** :
可以，要怎麼給你？

可以這麼回答

● 為什麼要這樣說？

通常我們買的韓國食物都只需要加熱。所以店員也只會很簡單説明**데워 드시면 돼요.** (加熱吃就可以了)。然後，如果聽到店員跟你説**냉장고에 넣으세요.** (放在冰箱裡)，回台灣後一定要放在冷凍庫裡才行。因為一般韓國人不了解台灣的氣候，沒想到冰箱裡跟室溫落差多大，韓國店員説**냉장고에 넣으세요.** (放在冰箱裡)，如果你真的聽了他的話，把東西放在冰箱裡，沒過幾天就會發現它已經壞囉。

最後，一般台灣觀光客去吃人參雞的地方，都知道很多客人會買回去本國，所以一定有賣，老闆會回答説 **돼요 . 어떻게 드릴까요**？（可以，要怎麼給你？）這是問你要幾公斤的意思，聽到這句話就跟他説要幾公斤就可以囉！

냉장고에 넣으세요 .
放在冰箱裡

Question：

水晶老師，在韓國吃飯的時候，到底該不
該把碗拿起來呢？台灣很習慣拿著碗吃
飯，可是韓劇裡好像不是這樣……？

Answer：

在韓國，特別是跟長輩一起吃飯的時候，不能拿著飯碗
吃，這其實也是台灣人在韓國比較容易疏忽的地方。在
台灣，如果把碗放在桌上吃飯，常常會挨長輩一頓罵，
但就韓國的習慣來說，拿著飯碗，會被人家罵說「你是
乞丐嗎？拿著飯碗跟別人要飯嗎？快點把飯碗放在餐桌
上！」
不過，年輕人之間沒這麼嚴格，吃得好、吃飽就好。

6. 買衣服時必備的 3 句韓語

1) 입어 봐도 돼요? 화장 안 했어요. : 可以試穿嗎？我沒有化妝。

i beo bwa do dwae yo? hwa jang a nae sseo yo

2) 한 사이즈 큰 거 있어요? : 有比這件大一點的尺寸嗎？

han size keun geo i sseo yo

3) 같은 디자인, 다른 색깔 있어요? : 這個款式有別的顏色嗎？

ga teun design, da reun saek gga li sseo yo

● 會這樣說的原因是……

在首爾的東大門、南大門、明洞等地買衣服時，老闆通常不讓人試穿。為什麼呢？因為韓國的女生不太會素顏出門，一定都有上妝。一穿一脫，衣服沾到口紅、腮紅就麻煩了！所以呢，身為女生的我們，可以先問老闆**입어 봐도 돼요?**（可以試穿嗎），然後立刻接著說**화장 안 했어요.**（我沒有化妝）讓他放心，這樣老闆就有可能會提供試穿。此外，對台灣女生來說，一般的韓國女裝會稍微偏小，也就是說韓國的 S 比較接近台灣的 XS；韓國的 L，比較接近台灣的 M。就我觀察的結果，韓國女裝對台灣女孩來說，胸部跟臀部往往會比較緊。所以如果照原來的 Size 試穿，一定會用的到這句 **한 사이즈 큰 거 있어요?**（有比這件大一點的尺寸嗎）。最後，一般台灣女孩子，看到韓國衣服質料又好又便宜，都覺得要趁機多買一點，所以可以問**같은 디자인, 다른 색깔 있어요?**（這個款式有別的顏色嗎？）

＊ 順便學點補充單字 ＊

1) **화장**：化妝

2) **사이즈**： size

3) **큰**＋名詞：大的～

   작은＋名詞：小的～

4) **같은**＋名詞：一樣的～

5) **다른**＋名詞：不同的～

6) **색깔**：顏色

● 稍微多學一點點

어떻게 빨아요?（要怎麼洗？）是我們在國外買衣服時很容易忘記問的問題，結果回來台灣，衣服沒幾次就洗壞了。雖然衣服應該要有說明要怎麼洗的標籤，可是如果某些衣服沒有標籤，那一定要記得問這句。不然回台灣很開心穿完一次，下水洗了之後會欲哭無淚喔！

常見的回答

※ **그러세요 .** : 好吧。

※ **잠깐만 기다리세요 .** : 請稍等。

※ **하나씩 드릴까요 ?** :
你要各一個嗎？

可以這麼回答

● 為什麼要這樣說？

一般東大門、南大門、明洞的老闆不太喜歡給客人試穿，但在聽到你沒化妝後，他們可能就鼻子摸一摸同意說，**그러세요 .**（好吧）。不過如果是 ZARA、Forever 21、H&M 等很大的牌子當然不會這樣。

當你問完老闆 **한 사이즈 큰 거 있어요 ?**（有比這件大一點的尺寸嗎？），他會去確認一下有沒有你要找的尺寸，所以回答 **잠깐만 기다리세요 .**（請稍等）。你問老闆 **같은 디자인 , 다른 색깔 있어요 ?**（有同樣的款式別的顏色嗎？）老闆會認為你要各買一件，所以會問你 **하나씩 드릴까요 ?**（你要各一件嗎？）

Question：

水晶老師！韓國女生的皮膚好像都很好耶，是不是有什麼撇步呢？

Answer：

其實這有一部分原因是天氣使然，畢竟韓國的緯度是比較高的，日照也沒有那麼強烈，所以韓國女生的皮膚看起來會比較白皙。

不過，除此外，韓國女生對「美白」這件事可是很斤斤計較的──不只是保養、化妝，走在路上也要撐傘喔！甚至韓國人認為麵粉對皮膚很不好，所以女孩們就盡量不會去吃麵粉做的食物；水對皮膚很重要，所以要喝好一點的水；即使只是去樓下的雜貨店，也要擦防曬乳。相較之下，台灣女生就比較大而化之一點～

가지 가지한다.
有必要這麼誇張嗎?

7. 眼前有情侶大放閃光時⋯⋯

1) 어우, 닭살. : 噢～雞皮疙瘩～
eo oo, dak ssal

2) 가지가지한다. : 有必要這麼誇張嗎？
ga ji ga ji han da

3) 좋을 때다. : 現在是最好的時期。
jo eul ddae da

● 會這樣說的原因是⋯⋯

看到在其他人面前也毫不避諱地互相表達愛意、隨時摟摟抱抱的情侶時，韓國人也常常用**닭살**（雞皮疙瘩）來形容。**닭살**（雞皮疙瘩）可以用在看到很恐怖的場景、感到毛骨悚然的時候，也可以用在事情有出乎意料之外的發展時。其次，想要諷刺某種狀況或想損人的時候，可以用**가지가지한다**（有必要這麼誇張嗎？）例如，有個人瘋狂追星，只要是偶像出的東西都買，偶像走到哪裡跟到哪裡，跟朋友聊天的時候話題都是偶像，說要跟偶像結婚等等，此時，旁邊的人便會說**가지가지한다**（有必要這麼誇張嗎？）以此類推，看到很厲害（-__-）的情侶的時候也能說**가지가지한다**。但是說這句話時的語氣不能太兇哦，要用又羨慕又嫉妒的語氣說！另外，情侶正在熱戀時，大家都會用羨慕的語氣祝福他們說**좋을 때다**（現在是最好的時期），意思是要他們好好享受，因為這麼棒的時期，不會再光臨第二次啦！

✻ 順便學點補充單字 ✻

1) **닭**：雞

2) **가지**：種類

   여러 가지：很多種類

   한 가지：一個種類

   두 가지：兩個種類

   세 가지：三個種類

3) **한다**：做（原形：**하다**）

4) **때**：時候

稍微多學一點點

在說**어우, 닭살.**（噢～雞皮疙瘩～）的時候，跟**그만 좀 해.**（停一下）一起用，更完美，語氣上就像中文很不耐煩地說「拜託你們停一下好不好～」的意思，也就是我受不了你們這麼甜蜜的樣子，所以暫停一下。另外也可以用**토 나오려고 그래**（我快要吐了），意思是看到太閃的情侶，讓人很不舒服、很想吐的意思。

✻ **우리가 뭐？**：我們哪裡有怎樣？

✻ **너도 여자 / 남자친구 만들어～**：你也去交女／男朋友啊～

✻ **부럽냐？**：羨慕嗎？

可以這麼回答

● 為什麼要這樣說？

熱戀中的情侶幾乎沒有判斷能力，不知道自己和男／女朋友在大庭廣眾之下卿卿我我會讓人家多不舒服，所以會回嘴說 **우리가 뭐？**（我們哪裡有怎樣？）……然後還很得寸進尺說 **너도 여자친구〔남자친구〕만들어～**（你也去交女（男）朋友啊～）真是讓人生氣吧！最後，結束時還說 **부럽냐？**（羨慕嗎？）這個時候你已經被徹底打敗，完全怒火中燒啦！

에휴……넌 보면 안 돼.
喔！你不可以看！

Question :

水晶老師！為什麼韓劇裡的男女主角在表示愛意的時候，都只會說「愛」呢？字幕上都是翻成我愛你……這樣不會很奇怪嗎？

Answer :

這是韓文、中文的一個很大的不同喔！中文裡大家都會把「你」、「我」、「他」講得很清楚，可是韓文裡，其實不太喜歡說「你」、「我」、「他」。為什麼呢？像是「我愛你」，說中文的人就會覺得：我一定要跟你說清楚，是「我」「愛」「你」，但是韓國人就會覺得，我對你說「愛～～～～～」，那當然我愛的就是你啦，不然還會有別人嗎？

8. 哇、我朋友抓狂了！

1) 그만해.：夠了！
geu ma nae

2) 그러지 마.：不要這樣！
geu reo ji ma

3) 화내봐야 너만 손해야.：你生氣也只是自己的損失而已。
hwa nae bwa ya neo man so nae ya

● 會這樣說的原因是……

哇、我的朋友超抓狂！這時應該要怎麼辦呢？當務之急當然就是要讓朋友冷靜下來。在這樣的情況下，韓國人會用**그만해.**（夠了！）也就是「你生的氣已經夠了」、「你脾氣該發完了吧，夠了」的意思。

其次，韓國人通常會伸長手阻止別人，嘴裡一邊說**그러지 마.**（不要這樣！）通常這句話出現的時候，你的朋友大概已經快要氣到爆炸啦，或者已經快打起來了，你一定得去把他們拉開才行，最後，台灣人常常說「生氣只是浪費你的細胞」，韓文則是用**화내봐야 너만 손해야.**（你生氣也只是你自己的損失而已）這句來表達。

＊ 順便學點補充單字 ＊

1) 動詞＋지 마：不要～（原形：−지 말다）

Ex)가지 마 不要走　　울지 마 不要哭

2) 화 내다：生氣

3) 名詞＋만：只有～

4) 손해：損害

● 稍微多學一點點

그러지 마.（不要這樣！）還有一種說法이러지 마（不要這樣！）這兩句差在哪裡呢？例如，你看到朋友很生氣，可以跟他說그러지 마.（不要這樣！）意思就是不要那麼生氣。要是妳已經跟男朋友說要分手了，可是男朋友無法接受，一直糾纏妳說「回來吧，我們再開始吧」之類的話，妳則可以跟他說이러지 마（不要這樣！）如何區別這兩句呢？重點是在於「我是不是當事者」，你自己是主角時，要跟對方說的時候用이러지 마.（不要這樣）；如果你只是一個旁觀者，要用그러지 마.（不要這樣）。

常見的回答

* **뭘 그만 해?**：什麼夠了？

* **내가 뭘?**：我怎樣？

* **그래도 화 나는 걸 어떡해!**：
  可是還是會生氣，怎麼辦？

可以這麼回答

● 稍微多學一點點

當你朋友在氣頭上，是什麼都聽不進去的，他可能會擺出可怕的樣子然後說
뭘 그만 해?（什麼夠了？），這時候你就要說**그러지 마.**（不要這樣！）來
阻止他。不過如果朋友覺得自己沒怎樣，發脾氣或生氣是正常的、理所當然
的，幹嘛跟我說**그러지 마.**（不要這樣），他會回你說**내가 뭘?**（我怎樣？）
最後，雖然大家都知道，生氣或發脾氣對身體是非常不好的，可是就是沒辦
法控制自己時，就會說這句**그래도 화나는 걸 어떡해!**（可是還是會生氣，
怎麼辦？）。之後用瀕臨崩潰的語氣大叫**으아아아아아악!**（嗚哇啊啊啊啊啊
啊！）就完美了。而在臺灣也很流行說：「認真就輸了。」這句韓文是**열심
히 대꾸하는 사람이 지는 거야.**（很認真對應的人才是輸的）

9. 在餐廳點餐時，我們會說……

1) 여기요 ~：這裡～
yeo gi yo

2) 고기 들어가요?：裡面有肉嗎？
go gi deu reo ga yo

3) 많이 매워요?：很辣嗎？
ma ni mae wo yo

● 會這樣說的原因是……

在台灣，餐廳點菜的時候會叫「先生」或「小姐」，韓國沒那麼常用這樣的稱呼，偶一為之有人用了也會被認為是「你那麼想要模仿西洋人稱呼Mr. ／Mrs. 嗎？」因此韓國人在餐廳喊的是**여기요**，意思是「這裡～」，就等於「拜託你看我這裡，幫我點菜一下」。咦？客人需要呼喚才有服務？沒錯！外國人在韓國常常會踫到這種狀況：你進去餐廳都已經坐好了，可是卻沒有人理你，連工讀生都不來幫你倒水。為什麼呢？因為很多韓國餐廳老闆覺得客人還沒決定好之前，去問點餐內容是一種打擾，而當你說**여기요 ~**（這裡），老闆就會馬上轉頭看你，很快地過來幫你點菜。

其次，「素食」在韓國不是那麼普遍，因此也幾乎沒有素食餐廳。可是很多台灣人都吃素，所以去韓國玩的時候，還是想確認一下這個菜裡面有沒有肉，可以用這句：**고기 들어가요?**（裡面有肉嗎？）

最後，韓國的菜通常都是「稍微辣」，可是韓國人的「辣度」標準跟台灣人的標準也稍微不一樣，所以你可以先問「**많이 매워요?**（很辣嗎？）」

✳ 順便學點補充單字 ✳

1) **여기**：這裡

2) **고기**：肉

   소고기：牛肉

   돼지고기：豬肉

   닭고기：雞肉

韓國人不吃羊肉喔！
很好玩吧？

3) **들어가다**：放進去

4) **많이**：很

5) **매워요**：辣（原形：**맵다**）

● 稍微多學一點點

你說了**여기요~**（這裡～）之後，老闆就會過來幫你點菜了。此時，你就可以指著菜單裡面的圖片說**이거 주세요**（給我這個）。如果菜單上沒有任何照片或圖片，可以問老闆：**중국어 / 일본어 메뉴판 없어요?**（沒有中文／日文菜單嗎？）韓國觀光景點附近的餐廳通常都會準備外文菜單，這個時候可以跟老闆要中文或日文菜單，沒有中文菜單沒關係，畢竟日文裡有很多漢字，還是可以拿來猜一猜的。

常見的回答

＊ **네 ~ 가요 ~** : 好～馬上來。

＊ **네 , 들어가요 .** : 是的，有。

＊ **별로 안 매워요 .** : 不太辣。

可以這麼回答

● 為什麼要這樣說？

當你說 **여기요 ~**（這裡～）之後，就馬上會聽到店員說 **네 ~ 가요 ~**（好～馬
上來）。如果你問 **고기 들어가요 ?**（裡面有肉嗎？）店員通常都回答 **네 , 들
어가요 .**（是的，有）。如果你還是不要吃肉，可以說 **고기 빼고 주세요 .**（不
要放肉）。若是需要特別指定不要吃牛肉，可以說 **소고기 빼고 주세요 .**（不
要放牛肉）。 最後，當你問 **많이 매워요 ?**（很辣嗎？）一般店員都會回答：
별로 안 매워요 .（不太辣），這個時候，請一定不要相信店員。因為這個
「不太辣」是按照韓國人的辣度標準說的，所以你還是要叮嚀店員一下 **많이
안 맵게 해 주세요 .**（不要太辣）比較保險。不然舌頭可是會燒起來的哦！

另外，因為台灣人已經很習慣有大辣、中辣、小辣、微辣等等說法，但在韓國沒有這麼簡單的說法，只能說 **많이 안 맵게 해 주세요.**（我要不太辣的）或 **안 맵게 해 주세요.**（我要不辣）而已。我本身不太會吃辣，所以一直教不太辣、不辣的說法，但應該還是有很多台灣人想要挑戰韓國辣味吧！那你可以跟老闆說 **많이 맵게 해 주세요.**（我要非常辣）。哈哈！

Question :

說到漢字，水晶老師，請問韓國也用也用
正體字（繁體字）嗎？老師在韓國學中文
的時候，是學正體字還是簡體字呢？

Answer :

在韓國學習中文 (Mandarin Language / Chinese) 的人都
是學習簡體字，所以還沒到台灣來以前，我學的也是簡
體字。不過韓國人用的「漢字」是正體字喔！有些台灣
人來到韓國玩，看到觀光地點都有簡體字，就會產生誤
會，不過，那並不是給韓國人看的，而是為了大陸觀光
客特別寫的。如果不是特別學過，一般韓國人是看不懂
簡體字的。

10. 向朋友表達自己看法時，最常說……

1) 마음에 든다.：我很滿意。
ma eu me deun da

2) 별로야.：不太好。
byeol lo ya

3) 좀 짱인데?：蠻讚的喔？
jom jjang in de

● 會這樣說的原因是……

當你遇到你理想中的對象、當你看到很漂亮的衣服的時候，或是剛好你要做的事，已經有人幫你完成了，都可以説**마음에 든다.**（我很滿意）；上司看到你事情做得很好時，也會説**마음에 든다.**（我很滿意），總之，當你很滿意的時候說這句就對了。其次，**별로야.**（不太好）是心裡覺得不怎麼好，但還是不能太直接説「我不喜歡這個」的時候用的。 另外，**좀 짱인데?**（蠻讚的喔？）是最近很流行的用法，「**짱**」是「讚」，「**좀**」是「一點點、一下下、有點」的意思，看起來不太配的這兩個單字結合在一起，就變成「沒有那麼三八地讚美別人」的語氣。因此，韓國人看到跳舞跳得還不錯的人，就説**좀 짱인데?**（蠻讚的喔？）意思就是我贊同你跳得還不錯。你看到你同學成績真的很棒，也能説**좀 짱인데?**（蠻讚喔？）意思就是我羨慕你的實力，也承認你有那樣的實力。

✳ 順便學點補充單字 ✳

1) **마음에 든다**：滿意（原形：**마음에 들다**）

2) **별로**：不太

3) **좀**：有一點，有點，一下下

4) **짱**：讚

● 稍微多學一點點

其實，韓國人表達滿不滿意的方式跟台灣人很像。台灣人明明覺得「不太好」，可是嘴上還是說**괜찮아**.（還可以）。韓國人也是這樣，自己覺得不是很滿意，可是嘴巴還是說**그럭저럭**（普普通通）。不過如果是跟很熟的人，或真的想表達出自己真正想法的時候，韓國人會說得很白。也就是說，很滿意的時候會說**진짜 마음에 든다**.（我真的很滿意），不滿意的時候說**마음에 안 든다**.（我不滿意）。看到真的不怎樣的異性時，可以敷衍地說**진짜 별로야**.（真的不太好）。如果糟到一個極點，就可以說：**이건 좀 아니지 않니**.（這應該不太對吧……）。

常見的回答

* **마음에 든다니 다행이다.**：你説你很滿意，我真的很開心。

* **나도 그래.**：我也那麼覺得。

* **헐……**：囧……

可以這麼回答

●為什麼要這樣説？

「**다행이다**」的意思是「好加在」或「萬幸」。因此「**마음에 든다니 다행이다**」這句代表「因為你很滿意所以我就放心了，真是太好了」。

還有啊，在贊同對方意見的時候，説「**나도 그래.**（我也那麼覺得）」最保險。當對方跟你抱怨説**쟤 진짜 짜증나.**（那個人真討厭）、**아，이 일 진짜 짜증나네.**（我覺得這件事好煩吶）的時候，你可以用**나도 그래.**（我也那麼覺得）來應付對方就好。

至於「**헐……**」就是「囧……」，表示「不知道該怎麼説」或「無言以對」。

11. 忘光光的時候，我們可以說……

11. 忘光光的時候，我們可以說……

1) 까먹었다.：忘光了。
gga meo geo dda

2) 생각 안 나.：想不起來、想不出來。
saeng ga gan na

3) 뭐였더라?：那是什麼來著？
mwo yeot ddeo ra

● 會這樣說的原因是……

無論你有沒有學過韓文，如果要翻開字典找「忘記了」這個說法，通常會碰到**잊어버리다**（忘記）這個單字，但是它是只存在詞典上的單字，在日常生活中大家都說**까먹었다.**（忘光了）。**까먹었다.**（忘光了）雖然沒有那麼文雅，可是比較普遍。還有，原本記得、原本知道的東西突然想不起來的時候，可以說**생각 안 나.**（想不起來），絞盡腦汁想點子想不出來的時候也能說**생각 안 나.**（想不出來）。「想不起來」跟「想不出來」的韓文是一樣的。最後，差點想起來了，或者是不想讓人家知道我記性那麼差，就先趕快說這句**뭐였더라?**（那是什麼來著？）先混過去再說！

✳ 順便學點補充單字 ✳

1) **생각**：想法

2) **안** + 動詞 / 形容詞：不～

3) **뭐**：什麼

● 稍微多學一點點

這三個句子能夠應用在各個方面。首先，當你「又」忘記了的時候，加一個字**또**（再、又）就可以了，也就是**또 까먹었다.**（又忘光了）。說這句的時候常常邊敲自己的頭，就代表罵自己怎麼又忘了。還有，**뭐였더라？**（那是什麼來著？）把這句最前面的一個字「**뭐**」換成其他疑問詞，就能用很在多地方，像是**누구였더라？**（那是誰來著？）、**언제였더라？**（那是什麼時候來著？）、**어디였더라?**（那是哪裡來著？）等等。而「我為什麼那樣做了呢？」則稍微不太一樣，要說「**왜 그랬더라?**」

常見的回答

✳ 까마귀 고기 먹었냐？：你吃烏鴉了嗎？

✳ 천천히 생각해 봐.：慢慢想。

✳ 아, 맞다!：啊，對了！

可以這麼回答

● 為什麼要這樣說？

吃烏鴉跟忘記有什麼關係嗎？因為「**까마귀**（烏鴉）」前面兩個字是「**까마**」，跟「忘光了」的前面兩個字「**까먹**」聽起來很像，因此韓國人比喻說**까마귀 고기 먹었냐?**（你吃烏鴉了嗎？）意思就是你又忘記了！

如果你一直想不起來很重要的事情，朋友或同事會鼓勵你說**천천히 생각해 봐.**（慢慢想）。可是如果你單純地相信這句話，真的慢慢想，時間拖太長，就很慘囉！

另外，旁邊人幫你想起來的時候可以說**아, 맞다!**（啊，對了！）或是你自己想起來了的時候也能用。

12. 幫朋友加油時，我們最常說……

12. 幫朋友加油時，我們最常説……

1) 파이팅（fighting）：加油！（外來語版）
fighting!

2) 힘 내!：加油！（韓文版）
him nae!

3) 힘 내자!：我們一起加油吧！
him nae ja!

● 會這樣說的原因是……

常看韓劇的人應該聽過 Fighting! 通常韓國人用韓文拼這句，有兩種方式：一個是**파이팅**，第二個是**화이팅**。原則上**화이팅**是不對的（不標準的），但是很多人這樣用。韓國人兩個都看得懂，但在參加考試、或要寫比較正式的文件的時候，不能用**화이팅**，只能用**파이팅**。而且這句什麼時候都能用、對男女老少都能説。

「Fighting!」的韓文版是「**힘 내!**」，幫親朋好友加油或給爸媽加油的時候常用這句。但如果對象是上司或長輩，就有點奇怪，因為「**힘 내!**」這句適合較親近、親密的人使用，所以用在長輩或上司身上就變怪怪的，最後，如果要與朋友、同學一起突破難關呢？此時我們可以説：「**힘 내자!**」（我們一起加油吧！）。

✳ 3 句韓語的補充單字 ✳

1) 힘：力氣，力量

2) 내：付出，支出（原形：**내다**）

● 稍微多學一點點

對一般韓國人來說，説「加油」其實很常用，可是「**파이팅!**」（Fighting!）跟「**힘 내!**」的語氣稍微不一樣，用的時候要留心。年輕人之間可以輕鬆地説**파이팅**（Fighting!），也可以跟上司或長輩「撒嬌」説**파이팅**（Fighting!）不過開口前要先察言觀色，看看氣氛是否適合。而如果真的判斷不出來，則可以加上敬語，説「**파이팅 하세요~**」或「**힘내세요~**」。「**하세요**」是很有禮貌的「建議」，相當於中文的「請～吧」的意思。所以**힘내**後面也可以加上與「**하세요**」類似的「**세요**」，就代表很有禮貌的「加油」。

常見的回答

* **휴……** : 呼……（嘆氣）

* **아자아자!** : 加油！加油！

* **고마워.** : 謝謝

可以這麼回答

● 為什麼要這樣說？

韓國人嘆氣的方式是**휴**……（呼）。感到洩氣的時候，常常旁邊的人怎樣安慰都沒有用，這時只能嘆氣了。「**휴**……」也能用於文章書寫時。

아자아자!（加油！加油！）是一種語助詞，常跟 Fighting 一起搭配，所以常常可以看到一個人說**아자아자!**（加油！加油！）另一個人馬上接著說「Fighting!」

而有些時候，加油也是一種安慰朋友的說法，如果朋友很貼心地安慰我，幫我加油，這時候就可以跟朋友說聲**고마워.**（謝謝）。畢竟身邊的人都這麼好心來安慰我了，還是要說謝謝比較好！

13. 想去廁所時，我們會説……

1) 잠깐 화장실 좀…… : 我暫時去化妝室……
jam ggan hwa jang sil jom……

2) 잠깐 실례 좀…… : 我暫時失禮（失陪）一下……
jam ggan sil lye jom……

3) 저 잠깐…… : 我暫時……
jeo jam ggan……

● 會這樣說的原因是……

跟朋友一起吃飯，或大家聚會在一起聊天的時候，若想要去廁所，應該沒有
人會直接説「我要大便」。特別是在吃飯的場合，一定要有禮貌一點。因此
韓國人想上廁所的時候會説 **잠깐 화장실 좀…….** （我暫時去化妝室……）。
韓文的廁所沒有像中文那麼多種（中文有「廁所」、「化妝室」、「洗手間」，
説法很多啊），只有一種説法 **화장실**（化妝室）。**화장실** 這個單字沒有那麼
髒的感覺，大家隨時都可以説，但是語氣還是帶點害羞或尷尬比較好。如果
你還是覺得直接説 **화장실** 有點彆扭，用委婉的方式來説也可以，像是 **잠깐**
실례 좀……（我暫時失禮一下……）。韓文的失禮就等於中文的失陪，算是
Excuse me 的意思。因此你説 **잠깐 실례 좀……**（我暫時失禮一下……），其
實別人不知道你為什麼離開座席，因為你可能是去上廁所，也可能是去接電
話，所以這句是你要離開位子的時候都能用的

再教你一個撇步，若你選擇要用第 3 句的**저 잠깐……**（我暫時……），一定是一邊害羞地笑、一邊用眼睛和比較熟的朋友打暗號。為什麼呢？因為單只是「我暫時……」，其實其他人不會知道你暫時要怎麼樣，因此使用這句話的時候，會需要朋友在你回到座位之後幫忙解釋你剛才去了哪裡，所以！請記得，這句話要搭配「害羞的表情」使用喔！

﹡ 3句韓語的補充單字 ﹡

1) **잠깐**：暫時，一會兒

2) **화장실**：化妝室

3) **실례**：失禮，失陪

● 稍微多學一點點

這裡要教女生們一些實用的句子，像是：MC 來的時候，如果妳身上沒有帶衛生棉，需要跟朋友借的時候，韓國人問的方式跟台灣人一樣：**그거 있어？**（你有那個嗎？）通常妳朋友聽到這句，會給妳整個化妝包（一般韓國女孩子帶衛生棉都是放在化妝包裡），你拿著它去廁所就 OK 了。另外呀，在韓國，一般女孩子比較沒有帶衛生紙的習慣，所以你要借衛生紙的話，不要問你韓國朋友，直接問櫃檯小姐比較快。**휴지 좀 쓸 수 있어요？**（我可以用一下這個衛生紙嗎？）問的時候用這句就好，幾乎沒有人會拒絕，這樣就能夠順利上廁所啦。

* **아 , 네……. :** 啊…… 好啊……

* **그러세요 . :** 請去。

* **^^ :** （微笑）

可以這麼回答

● 為什麼要這樣說？

朋友要去上廁所的時候，如果繼續抓著朋友講話不是很奇怪嗎？所以大家都會趕快微笑地說**아 , 네……**（啊…… 好啊……）盡量讓你可以快點去上廁所又不感到尷尬。另外，當你要去上廁所，你朋友怎麼可能會阻止你呢？只能說**그러세요 .**（請去）而已囉！

而有的時候，一個微笑比一百句都還有效，此時無聲勝有聲，所以乾脆什麼都不說，只是給你一個溫柔的微笑，讓你趕快去上廁所。

水晶老師，有問題！

Attention!

請不要那麼大聲打嗝！

在台灣，如果是跟很熟的朋友一起吃飯，很多人常常連嘴巴都不遮就直接很大聲地打嗝。不過，在韓國，如果你這樣打嗝，無論是多熟悉的朋友，都是非常非常沒有禮貌的。有多沒禮貌呢？跟你吃飯的時候突然說「大便」一樣沒禮貌喔！

原來如此～

14. 買禮物時最常説的 3 句韓語

1) 포장해 주세요.：幫我包裝一下。
po jang hae joo se yo

2) 교환 돼요?：可以換嗎？
gyo hwan dwae yo

3) 가격표 떼 주세요.：幫我弄掉（價格）標籤。
ga gyeok pyo dde joo se yo

● 會這樣説的原因是……

通常在韓國買東西，都能免費包裝。而且韓國的店員都會包裝得很漂亮，也不用錢，所以很多韓國人買禮物的時候會順便説**포장해 주세요.**（幫我包裝一下）。另外記得要趁服務人員還沒開始包裝的時候，趕快跟他説**가격표 떼 주세요.**（幫我弄掉標籤）。一般店員大概都有這樣的概念，但是有時候會因為太忙而忘記，你這時要提醒他的話，就要動作快一點，趕快説**가격표 떼 주세요.**（幫我弄掉標籤）。也有些店員是直接用油性筆畫線遮住價格，如果你覺得這樣不夠，可以跟他説**가격표 떼 주세요.**（幫我弄掉標籤）。

有時候也會發生這種事情：收禮物的人不滿意這個禮物，想要換別的東西。在韓國，很多商店都沒辦法換別的東西，也沒辦法退費（百貨公司和有發票的地方當然可以），所以你先要確認一下**교환 돼요?**（可以換嗎？）這句的意思就是，以後對這個東西不滿意或這個東西本來有問題的時候可以換嗎？如果他説不行的話，你可以再考慮一下要不要買這個禮物喔！

＊ 3 句韓語的補充單字 ＊

1) **포장**：包裝

2) **교환**：換

3) **가격표**：價目表

● 稍微多學一點點

在台灣，購物的優惠很多，像是買一送一、買二送一，或者 200 元的東西買三個，可以拜託老闆算 500 元就好，但在韓國不同，韓國的買一送一叫「1+1」（**원 플러스 원** / one plus one），很不常見。老闆會不會因為你買了三個 20,000 韓元的東西就算你 50,000 韓元呢？嗯，也不太會。因為韓國有「定價銷貨」的原則，不會讓你殺價太多，所以大多數的情況，你還是按定價或價目表付錢就好囉！

* **선물하실 거예요?** : 你要送禮物的嗎？

* **교환권 드릴게요.** : 我給你交換卷。

* **카드로 하시겠어요, 현금으로 하시겠어요?**
  你要用信用卡來結帳還是用現金？

為什麼要這樣說？

你說**포장해 주세요.**（幫我包裝一下），店員會先確認你是不是要送給朋友的，所以會問你**선물하실 거예요?**（你要送禮物的嗎？）或者只是要紙袋、塑膠袋包起來就好。

購物之後，店員可能會跟你說**교환권 드릴게요.**（我給你交換卷），通常韓國的百貨公司或連鎖店都會給「交換卷」，意思就是如果你不滿意這個，要換別的話，直接過去離你最近的店面就好。例如，你在首爾明洞樂天百貨公司買了一些禮物，也拿到了「交換卷」，之後你要換東西的時候沒必要過去明洞店那裡，就直接去離你家最近的樂天百貨也可以。「交換卷」上面沒有寫價格，收禮物的人沒有特別問這個東西原來是多少錢的話，就不會知道這個東西價格是多少。

當你要求包裝，意思就是要結帳，因此店員會問你要不要結帳。如果用現金在一般商店或攤販購物，「可能」可以殺價，所以想試試看殺價嗎？請盡量用現金結帳吧！

15. 送禮物時最常說的 3 句韓語

풀어 보세요.
你拆開看看。

15. 送禮物時最常説的 3 句韓語

1) 풀어 보세요 . ：你拆開看看。
poo reo bo se yo

2) 마음에 드셨으면 좋겠어요 . ：希望你會滿意。
ma eu me deu shyeo sseu myeon jo ke sseo yo

3) 교환권 있으니 마음에 안 들면 바꾸세요 . ：裡面有交換卷，你不滿意的話就去換吧。
gyo hwan gwo ni sseu ni, ma eu me an deul myeon ba gu se yo

● 會這樣說的原因是……

收到禮物之後，有時候（對方）不好意思當下就拆開看，這時候你可以跟他説**풀어 보세요 .**（你拆開看看）這樣可以避免對方尷尬，也可以讓收禮的人很放心拆禮物。在韓國，比較特別的一點是：生日禮物一定要當場打開，讓送禮物的人看到你非常滿意的表情。還有，打開禮物的時候，把包裝紙拆得越亂越好。因為韓國有個習俗是：「發出聲音」地打開禮物，這樣就可以嚇跑壞運或不好的鬼（ -_- ）。所以生日的時候，把禮物拆得越大聲越好。另外，你要提醒朋友，如果不滿意這個禮物，可以拿著交換卷去換他要的東西時，可以説**교환권 있으니 마음에 안 들면 바꾸세요 .**（裡面有交換卷，你不滿意的話就去換）。最後，你還可以在朋友開口前，先跟他説**마음에 드셨으면 좋겠어요 .**（希望你會滿意），如此一來，他怎麼好意思給你看不好的反應呢？

＊ 順便學點補充單字 ＊

1) **마음에 안 들어요**.：不滿意

2) **바꾸세요**.：請去換吧（原形：**바꾸다**）

● 稍微多學一點點

這裡要教大家收到禮物時，表現開心的稱讚句子，韓國人常用的讚嘆詞是：
와 ~ 예쁘다 ~（哇～ 好漂亮哦！）**우와 ~ 너무 좋다!**（哇～ 好棒哦！）稱
讚的時候，語氣要誇張一點！這樣才會讓送禮物的人開心。

* **풀어 봐도 돼요？**：現在可以拆開嗎？

* **정말 딱 필요한 거였어요.**：這剛好是我需要的。

* **정말 고맙습니다.**：真的謝謝你。

● 為什麼要這樣說？

雖然韓國的禮物文化是當場就可以拆開，但還是要先說**풀어 봐도 돼요？**
（現在可以拆開嗎？）這樣比較有禮貌。因為說不定送禮物的人覺得這只是
微不足道的小禮物，如果當場拆開，說不定會很尷尬呢！

收禮物的人要讚美這個禮物的時候，最好的句子就是**정말 딱 필요한 거였어**
요.（這剛好是我需要的）這句了。這句含義是「這就是我需要的，你怎麼
這麼懂我呢？你真是我很好的好朋友！」的感覺。

一般來說，**고맙습니다.**（謝謝你）的讚美成分不高，所以要加一個副詞「**정**
말（真的）」，這樣就會變成很有誠意的感謝。而且說這句的時候越三八越
好！因為韓國人不太含蓄，很喜歡看到很大的反應！也可以用「**진짜**（真
的）」替代「**정말**（真的）」。

PART 2

不開心時用得上的
30句韓語

16. 跟男朋友吵架時……

16. 跟男朋友吵架時……

1) 왜 또 이래?：你又怎麼了？
wae ddo i rae

2) 누가 그래?：誰說的？
noo ga geu rae

3) 미쳤어?：你瘋了嗎？
mi cheo sseo

● 會這樣說的原因是……

男女朋友吵架的時候，男生最常對女生說的一句應該就是「妳又怎麼了？」
因為男生比較重視結果，女生比較重視過程，男生以為之前吵過的事情已經
過去、已經解決了；但是女生卻認為自己只是反覆忍耐，問題還在那裡。於
是，當女生跟男生提到他的毛病或壞習慣，男生就會覺得「啊……又來了」。
在這樣的狀況下，當男生一邊抱怨一邊說**왜 또 이래?**（妳又怎麼了？）一
定會讓女朋友更生氣吧。

另外，如果被對方發現有第三者，可以先裝沒事一下，然後用堂堂正正的態
度，大聲地說**누가 그래?**（誰說的？）或是**미쳤어?**（你瘋了嗎？）加以反
擊，對方應該會被嚇到，反而覺得對你很不好意思，也會反省自己怎麼會懷
疑另一半呢？自己可能暫時瘋了吧。

＊ 順便學點補充單字 ＊

1) **또**：又，再
2) **이래**：這樣（原形：**이렇다**）
3) **누가**：誰

● 稍微多學一點點

왜 또 이래?（你又怎麼了？）當你的另一半又開始發神經，而你覺得很煩的時候就可以這麼說。另外，假設我與朋友在聊天，旁邊突然有人在發神經，我也可以跟朋友說**왜 또 저래?**（他又怎麼了？）也就是說**이래**是使用於跟本人說的情況，**저래**則是與對方說別人事情的時候使用。

另外，「**누가 그래?**」這句話直翻是「誰是那樣？」等於中文的「誰說的？」

常見的回答

* **몰라서 물어?**：你是在明知故問嗎？

* **내가 봤다, 어쩔래?**：我親眼看到了，怎樣？

* **그래, 나 미쳤다, 미쳤어!**：
  對，我瘋了！我瘋了！

可以這麼回答

● 為什麼要這樣說？

當你對一個人說 **왜 또 이래?**（你又怎麼了？）對方百分之百會回答你：**몰라서 물어?** 也就是「你真的不知道為什麼才問我？」當對方說出這句話時，情勢就緊張了，因為他已經準備好要跟你大戰了！

其次，當你劈腿被發現，還用 **누가 그래?**（誰說的？）硬撐的時候，對方一定會這樣反應：**내가 봤다, 어쩔래?**（我親眼看到了，怎樣？）啊…… 這時就什麼都來不及了。你就算鼓起勇氣說出 **미쳤어?**（你瘋了嗎？）也回天乏術啦，因為你只會聽到對方這麼回答你：**그래, 나 미쳤다, 미쳤어!**（對，我瘋了！我瘋了！）所以……要賴還是有限度的！

17. 不太想要跟對方講話的時候……

17. 不太想要跟對方講話的時候……

1) 알아서 해：隨便你！
a ra seo hae

2) 다 괜찮아：都可以！
da gwaen cha na

3) 이 정도면 됐어：這樣就好了！
i jeong do myeon dwae sseo

● 會這樣說的原因是……

我自己很不耐煩的時候，最常用的一句話是**알아서 해**.（隨便你）。不過説這句話的時候，要特別注意自己的語氣。如果你臉很臭地跟對方説**알아서 해**.（隨便你），對方就會覺得「你真的很麻煩耶」；可是如果是帶著很親切的表情説**알아서 해**.（隨便你），就是「我會尊重你的意思，我照你的意思做」。

關於第二句**다 괜찮아**.（都可以），如果你一直不知道該點什麼菜，不知道該怎麼做，一直被問要點什麼，那就可以用這句，意思就是隨便你。如果是不能這麼直接説**알아서 해**.（隨便你）的狀況，可以拐個彎説**다 괜찮아**.（都可以）。

那麼，第三句話會在什麼時候使用呢？當我不想要再討論已經做好的事，可是對方一直問需不需要改什麼、要不要再檢討一下，此時就可以用不耐煩的語氣説：**이 정도면 됐어**.（這樣就好了），意思就是這樣就夠了，不要再問我了。

✲ 順便學點補充單字 ✲

1) **괜찮아**：可以，沒關係，沒問題（原形：**괜찮다**）

2) **정도**：程度

   이 정도：這個程度

   그 정도：那個程度

   저 정도：那個程度

3) **됐어**：算了，夠了（原形：**되다**）

● 稍微多學一點點

알아서 해.（隨便你）有尊重對方意見的感覺，所以真的想要不耐煩地説「隨便你」這句的時候，要用**니 맘대로 해**.（隨便你），不過這句話是已經放棄提出自身的意見、非常不耐煩時説的了，這句的「**니**」其實原本應該要寫成「**너**」才是正確的，但因為大多數的人都這麼唸，所以這裡特別以口語上常用的來標記。另外，跟第二句**다 괜찮아**.（都可以）很相近的是**다 좋아**.（都很好）。

常見的回答

＊ 當你說出這三句話，一般人不敢回答什麼。因為你已經表現出非常不耐煩的樣子，把這些話塞到對方的嘴巴裡，他還能說什麼？

可以這麼回答

● 為什麼要這樣說？

這三句常常能有效終止對話，不過要注意說話的對象是誰喔！

이것 봐,
이것 봐.

你看，你看。

18. 挑釁人時最常說的 3 句韓語

1) 이것 봐, 이것 봐. ：你看、你看
i geot bwa, i geot bwa

2) 또 저런다, 또 저래. ：又來了、又來了
ddo jeo reon da, ddo jeo rae

3) 놀고 있네. ：聽你在放屁！
nol go in ne

●會這樣說的原因是……

把**이것 봐, 이것 봐.**（你看、你看）這句直接翻成中文，意思是「看這個、看這個」，等於「你看你自己多麼糟糕！你看你自己多離譜！」**이것 봐, 이것 봐.**用法跟中文完全一模一樣，當你想要說「你看、你看」的時候可以直接使用。**또 저런다, 또 저래.**（又來了、又來了）這句話常可以用在當對方鬧情緒、又開始發神經的時候，也可以用在想要刺激人的時候。最後，當兩個人都已經忘記到底為什麼吵起來，吵到失去理性，只想惹對方的時候就會說：**놀고 있네.**（聽你在放屁！）用起來很爽吧？可是如果講了這句話，事情就無法挽回囉……

✻ 順便學點補充單字 ✻

1) **이것**：這個

   그것：那個（跟我比較近的那個）

   저것：那個（跟我比較遠的那個）

2) **봐**：看！（表命令或勸誘）（原形：**보다**）

3) **저런다** / **저래**：那樣（原形：**저렇다**）

● 稍微多學一點點

記得嗎？韓劇《秘密花園》裡，金社長（玄斌）常常會對吉羅任（何志媛）説 **이것 봐, 이것 봐.**（妳看、妳看），除了是表現自己的不滿外，也是想要惹火她，看她會有什麼反應。而吉羅任（何志媛）聽到這句也果然就會撒嬌發脾氣。

또 저런다, 또 저래（又來了、又來了）的語氣是「你又開始發神經了，我不想理你了」，跟中文「又來了」是一模一樣的語氣。還有，跟 **놀고 있네.**（聽你在放屁）常常搭配使用的一句話是 **가지가지한다.**（有沒有這麼誇張啊？）這句話照字面來看是「什麼都做、各種招數都使出來」的意思，也就是貶義地指「你各式各樣發脾氣的樣子都表達出來了，你真的非常誇張。」通常如此一來，也能把對方氣得要死呢！

常見的回答

* **내가 뭐？왜？**：我怎樣？怎樣？

* **또 뭐？또 뭐？？？？**：又什麼？又怎樣！？

* **그래, 나 놀고 있다. 어쩔래？**：
  對，我在放屁！你要怎樣？

可以這麼回答

● 為什麼要這樣說？

當你說出 **이것 봐, 이것 봐.**（你看、你看）的時候，最可能得到的回應是 **내가 뭐？왜？**（我怎樣？怎樣？）「**내가**」是「我」，**뭐**是「什麼」，所以 **내가 뭐？** 是「我什麼？」就等於「我怎樣？」；「**왜**」是「為什麼、如何、怎麼樣」的意思，所以這兩句連起來的話，就是「**내가 뭐？왜？**（我怎樣？怎樣？）

當你說 **또 저런다, 또 저래.**（又來了、又來了）的時候，對方非常可能會說 **또 뭐？또 뭐？？？？**（又什麼？又怎樣！？）然後就會越吵越大聲……而你

要是説**놀고 있네.**（聽你在放屁），對方就會回應**그래, 나 놀고 있다. 어쩔래?**（我在放屁，你要怎樣？）説出了這三句話時，情緒已經超越理性，講話也沒有什麼邏輯了，純粹只是想要攻擊對方。之後的後續……就請讀者們自己好好處理吧～

Question :

水晶老師！韓國的大男人主義真的很嚴重
嗎？韓國男人（老公）會打女人（老婆）
嗎……

Answer :

與其說韓國的男人是大男人主義，還不如
說「想成為大男人的小男人」占絕大多數。
至於韓國男人會不會打老婆……其實這是
家庭暴力的問題，女人也會打男人喔！

19. 對朋友很失望時……

1) 너한테 실망이야.：我對你很失望！
neo han te sil mang i ya

2) 웬일이니?：怎麼會這樣？怎麼回事？
wen ni ri ni

3) 정말 너무 한다.：真的太過分了！
jeong mal neo moo han da

● 會這樣說的原因是……

韓國人的個性比台灣人直接一點，因此，很多人對朋友或自己人失望的時候，會很直接地跟他說**너한테 실망이야.**（我對你很失望）。然後，當我們覺得朋友虧待我們，對我們很不好，但我又不願意接受這個事實的時候，就會說**웬일이니?**（怎麼會這樣？）意思就是你怎麼會這樣對我，我們兩個之間怎麼會發生這種事呢？這是怎麼回事？最後，當我對朋友失望至極時，會說**정말 너무 한다.**（真的太過分了！）這句話不但充分表現出我對這個朋友的失望，也表示自己可能從此對這個朋友死心了。

✳ 順便學點補充單字 ✳

1) ~ 한테：對~

Ex)나 너한테 정말 화났어. 我真的很生你的氣

2) 실망：失望

3) 웬일：怎麼回事

4) 정말：真的（與「진짜」同義）

5) 너무 한다：太過分了（原形：너무 하다）

● 稍微多學一點點

其實，當我們對人很失望的時候，會沒辦法控制自己的失落感，可能會衝動地說**다시 보지 말자.**（我們以後不要再見了）。不過這個世界會怎麼變，大家都不知道，所以我們也可以說「**그렇게 안 봤는데…….**」這句話的意思是「我沒有那樣看你」，就等於「我沒想到你是那種人」。如果有人跟你這樣說，意思就是他原本對你印象很不錯，但是這次失望了。如果要修復關係，請參考下頁內容。

常見的回答

* **미안해 .**：對不起。

* **잘못했어 .**：我錯了。

* **나 원래 이런 사람이었어 . 몰랐어 ?**：我原本就是這種人，你不知道嗎？

可以這麼回答

● 為什麼要這樣說？

미안해（對不起）或 **잘못했어**（我錯了）大多用在想修復關係時。你已經講了**미안해**（對不起）或**잘못했어**（我錯了），通常都可以得到原諒。因為你都肯放下自尊心道歉，對方的氣就已經消掉大半了。但是，假設你還是覺得有點委屈，覺得對方為什麼對我這麼過分呢？這個時候，可以說**나 원래이런 사람이었어 . 몰랐어 ?**（我原本就是這種人，你不知道嗎？）

20. 覺得「豈有此理」時，我們可以說……

1) 말도 안 돼.：太不像話了！
mal do an dwae

2) 웬일이니?：怎麼會這樣？
wen ni ri ni

3) 진짜 웃긴다.：真的很好笑！
jin jja woot ggin da

● 會這樣說的原因是……

「怎麼會發生這種事？」、「真的是不可思議！」、「我真的不敢相信！」如果你感覺到這三種情緒，就可以說**말도 안 돼.**（太不像話了）。相信大家應該常聽到這三句話，因為韓劇裡最常出現的就是這三句了呀。其次，「怎麼會發生這種事？」的韓文是**웬일이니?**（怎麼會這樣？）當發生了你沒辦法相信、怎麼會有這麼不像話的事情時，你可以帶著驚訝的表情說**웬일이니?**（怎麼會這樣？）Perfect！最好是能用兩隻手遮住嘴巴，嘴裡說**웬일이니?**（怎麼會這樣？）那就更完美啦！

最後，假設你朋友的男朋友本來很認真追你朋友，他們開始交往之後那個男生竟然先跟你朋友提分手，這時你可以說**진짜 웃긴다.**（真的很好笑），意思就是那個男生真的很可笑，這算是邊苦笑邊安慰你朋友說的。這句話也可以用在真的覺得很好笑的時候，邊拍手邊說**하하하하하~ 진짜 웃긴다.**（哈哈哈哈哈~真的很好笑）。

✳ 順便學點補充單字 ✳

1) 웃긴다：好笑（原形：**웃기다**）

● 稍微多學一點點

韓國人不願相信某件事是事實的時候，常說「**차라리 꿈이었으면 좋겠다.**（我希望這是夢）」，意思就是我希望這不是現實，而是一個夢而已，睡醒就沒事了。還有，也有說**이건 아니야…….**（這樣不太對吧），意味著「我預想的結果跟現實不同」。

常見的回答

* **그러게.** : 就是啊！

* **걔가 왜 그랬지?** : 他為什麼那樣呢？

* **아닐 거야.** :
  應該不會吧！（應該是你搞錯了）

可以這麼回答

● 為什麼要這樣說？

我們在前面提過，當你同意對方說的內容時，可以說 **그러게.**（就是啊！）
而當朋友還是覺得「他為什麼有辦法做出這種我們沒辦法相信的事情呢？」
他可以說 **걔가 왜 그랬지?**（他為什麼那樣呢？）最後，還是無法接受怎麼
會發生這麼令人無法置信的事的時候，可以說 **아닐 거야.**（應該不會 ／ 應
該是你搞錯了）。

21. 啊，我朋友有夠冷……

1) 진짜 썰렁해.：好冷哦～
jin jja sseol leong hae

2) 헤～?：咦～？
he

3) 닥쳐.：給我閉嘴！
dak cheo

第一句 **진짜 썰렁해.**（好冷哦～）台灣人也常常説，當朋友講話一點都不好笑，氣氛降到冰點時，你就可以説**진짜 썰렁해.**（好冷哦～）。還有**헤～?**（咦？）在發出這個聲音的時候一定要邊吸氣邊看遠方，這句話的含義是「你要怎麼處理被你搞砸的氣氛？」吸氣跟動作越誇張越好！最後這句**닥쳐.**（給我閉嘴）是很熟的朋友之間才能用，千萬不要跟不熟或剛認識的人説！這是非常沒禮貌的喔！

✳ 順便學點補充單字 ✳

可以描述天氣，
形容天氣的時候
意思是涼意。

1) 썰렁해：冷，涼（原形：**썰렁하다**）

Ex)오늘 날씨 좀 썰렁해 .：今天天氣有點涼意。

● 稍微多學一點點

這三句都是批評朋友講話不好笑時說的，所以一定要多注意，小心使用，不然朋友會生氣哦！

常見的回答

* **난 웃긴 것 같은데!**：我還是覺得我很好笑啊！

* **왜?**：怎樣？

* **싫어!**：不要！

可以這麼回答

● 為什麼要這樣說？

你說**진짜 썰렁해.**（好冷哦～）你朋友當然不會承認，一定會反抗說**난 웃긴 것 같은데!**（我還是覺得我很好笑啊！）在這句前面加個**왜?**（怎樣？）的話更完美，變成**왜? 난 웃긴 것 같은데!**（怎樣？我還是覺得我很好笑啊！）另外，如果是很熟，可以開玩笑的朋友，你說**닥쳐.**（給我閉嘴），他會很單純又簡單地拒絕說**싫어!**（不要）。如果你的朋友說了這麼不好笑的話，還能用那麼堂堂正正、厚臉皮的態度說**싫어!**（不要）的話，你就無言以對吧……哈哈哈。

22. 介意別人的眼神時最常說的 3 句韓語

1) 신경 쓰여 . ：讓人很介意耶。
shin gyeong sseu yeo

2) 눈치 보여 . ：真是看人臉色。
noon chi bo yeo

3) 신경 쓰지 마 . ：不要理他。
shin gyeong sseu ji ma

● 會這樣說的原因是……

當我在專心上課或上班的時候，有個人在旁邊一直妨礙我做事，就可以說**신경 쓰여** .（讓人很介意耶），意思就是那個人讓我不能專心做事，妨礙到我。其次，我在上班的時候，我主管或其他上司一直關注或監督我，讓我心裡感到負擔的話，就可以跟同事訴說「**눈치 보여** .（真是看人臉色）」。另外，同事或同學一直煩我朋友，害我朋友做什麼都很在意他，這時候我可以安慰朋友說「**신경 쓰지 마** .（不要理他）」。

✳ 順便學點補充單字 ✳

1) **신경 쓰다**：介意

2) **눈치**：臉色，神色

   눈치 보다：看臉色，察言觀色

● 稍微多學一點點

눈치 보여.（真是看人臉色）是一個人害我一直繃緊神經，注意他情緒好不好時説的。還有**신경 쓰지 마.**（不要理他）後面可以加上**너만 피곤해.**（只有你一個人很累），意思就是你這麼費心在這些有的沒的小事情上，只會讓你自己很累，對那個人根本沒有影響。

常見的回答

＊ **그냥 니 할 일 해.**：你就做你自己的事吧！

＊ **니가 뭐 죄 졌냐?**：你有什麼罪嗎？

＊ **휴…….**：唉……（嘆氣）

可以這麼回答

● 為什麼要這樣說？

通常你朋友看到你太費心或太介意某件事的時候，會安慰你說**그냥 니 할 일 해.**（你做你的事就好了），就等於「不要想太多，你做好你的事就好了」。
如果是你根本沒有得罪人，卻一直因為看別人的臉色而戰戰兢兢的時候，朋友就會跟你說**니가 뭐 죄 졌냐?**（你有什麼罪嗎？）意思就是你又沒有做錯什麼，不要一直想有的沒的，這句的「**니**」其實原本應該要寫成「**너**」才是正確的，但因為大多數的人都這麼唸，所以這裡特別以口語上常用的來標記。
韓國人嘆氣的聲音是**휴**（hyu）……。雖然周圍的人一直說不要理他，不要介意等等，可是自己卻聽不進去的時候，就只能嘆氣了，**휴**……（唉）。

23. 遇到很白目的人，最常説的 3 句韓語

1) 진짜 눈치 없다.：真的很白目。
jin jja noon chi eop dda

2) 답 없네.：沒辦法。
da beom ne

3) 깝깝하다.：心很悶。
ggap gga pa da

● 會這樣說的原因是……

通常韓國人遇到一個很白目的人，很少會直接跟他説**진짜 눈치 없다.**（真的很白目），而是在那個人的背後偷偷罵説**진짜 눈치 없다.**（真的很白目）。另外，台灣人常説「這個人真的很沒 sence!」這句用韓文有兩種表現方法：第一，直接説**진짜 눈치 없다.**（真的很白目）；第二，説**진짜 센스 없다.**（真的沒有 sence）。在韓國「沒有 sence」跟「白目」是一脈相連的，所以大家都混用。其次，**답 없네.**（沒辦法）這句是最近年輕人比較常説的，意思是「這個人真的沒有答案耶」（這個人造成的問題這麼大，人這麼白目，不知道該怎麼修正他，不知道該給他什麼答案）。假設公司裡有一個大嘴巴，他一直説東説西，造成大家尷尬、難為情的時候，就可以直接跟他説**답 없네.**（沒辦法）。最後，你看到一個很白目又呆板的人，感覺很悶、不知道該怎麼辦的時候，可以説**깝깝하다.**（心很悶）。

✳ 順便學點補充單字 ✳

1) 답：答案
2) 깝깝하다：悶

● 稍微多學一點點

那麼，怎麼形容很會察顏觀色的人呢？有兩種表現方法：第一，**너 진짜 센스 있다.**（你真的很有 sence），也就是**진짜 센스 없다.**（真的沒有 sence）的相反；第二，**눈치 빠르다.**（你很會看別人臉色哦）已經學過韓文的人會以為**진짜 눈치 없다.**（真的很白目）的相反是**진짜 눈치 있다.**（因為 **없다** 的相反是 **있다**）但是，要說「很會察顏觀色」的時候要用**빠르다**（快）這個字。另外，在室內空氣很悶的時候可以說「**답답해**」，突然頭很暈、沒辦法呼吸的時候也能說「**답답해**」，看到很白目的人也能說「**답답해**」。遇到白目，覺得自己快要悶死了的時候，**깝깝하다**和**답답해**兩個都可以用，但是**깝깝하다.**（心很悶）比「**답답해**」更有指責那個人的感覺，所以比較常用。不過要注意喔～**깝깝하다.**（心很悶）這單字不能用在室內空氣很悶的時候，只能用在**답 없네.**（沒辦法）的人身上，或是用在某些事情沒有照意思進行的時候。

常見的回答

＊ **내 말이…….**：就是説啊！

＊ **그러게…….**：就是啊！

＊ **짜증나.**：煩耶！

可以這麼回答

● 為什麼要這樣說？

通常很白目的人不會只有一個人這麼覺得，而是身邊人都覺得他很白目，所以當有個人開頭説出那個人很白目時，旁邊人一定會出來幫腔説**내 말이…….**（就是説啊）。另外，**그러게…….**（就是啊）跟 **내 말이…….**（就是説啊）相似，表示我很同意你剛剛説的話。

通常很白目的人都會讓旁人很煩，所以也可以説**짜증나.**（煩耶！）這句。

Question:

水晶老師！如果我希望到韓商求職，有什麼是很基本的，但台灣人常常疏忽的呢？（我不要被當成是白目啊～＞＜）

Answer:

女孩們，要注意喔，如果碰到很重要的場合——像是要參加韓系企業的面試，或者男友是韓國人，妳要與他的爸媽吃飯，請記得：一定、一定要穿絲襪！

為什麼呢？因為在韓國，給長輩看自己的光腳跟光腿是非常沒禮貌的。著褲裝的時候還好，但是如果是穿裙子或是穿套裝，請記得一定要穿絲襪。同時，也要避開穿露腳趾的鞋赴會喔！

24. 遇到很做作的人時……

1) 설정이야.：那是 Set 好的！
seol jjeong i ya

2) 가식적이다.：好假！
ga sik jeo gi da

3) 진짜 싫다.：真討厭！
jin jja sil ta

● 會這樣說的原因是……

不管是韓國人還是台灣人，大家都喜歡直率又不做作的人，而韓國人又特別討厭做作的人。例如，有個藝人明明很奢侈，全身都是名牌，可是她採訪的時候說「我很喜歡在菜市場買東西，我的衣服都是在批發市場買的」，韓國人就會馬上說**가식적이다.**（好假）。還有，某個人本來不是那麼體貼的人，可是一直裝很體貼的樣子給別人看，看到這種人就能說**설정이야.**（那是 Set 好的）。意思就是他的行為根本不誠實，只是給人家看的秀而已。或者有個人一直在咖啡廳自拍自己看書的樣子，就能說**설정이야.**（那是設定好的）。因為實際上他在咖啡廳沒有看書，但是為了給大家看或在臉書上 po 文，所以那樣自拍，這就是設定。最後，你看到那麼一直做作的人就感覺很差，可以說**진짜 싫다.**（真討厭）。

＊ 3 句韓語的補充單字 ＊

1) **설정**：設定

2) **가식적**：假裝的

這種 Set 好才拍的照片，韓國人叫**설정샷**（設定 shot），意思是為了拍照而特別設定拍的照片。例如，在海邊根本就是跟朋友邊聊天邊散步，但是叫朋友拍自己一個人散步的樣子（特別是朋友在我的後面拍照，這樣才會有 fu），這就是**설정샷**（設定 shot）。還有拍照片的時候為了「自然一點」，故意看旁邊或很遠的地方，這也是**설정샷**（設定 shot）。另外，有個女孩子在家裡連續三四天都沒有洗頭髮，可是在外面看到不太衛生的樣子時卻撒嬌說「哎喲……這個餐桌這麼髒我怎麼吃啊？」（餐桌比你平常的頭髮還乾淨吧！-_-）就能連續說**가식적이다 .**（很假裝），**진짜 싫다 .**（真討厭）。也可以說**웬 깔끔한 척 ?**（裝什麼乾淨？）

常見的回答

* **전 솔직한 게 좋아요.** : 我喜歡直率的。

* **다들 그렇게 오해하시더라구요…….** : 大家都那樣誤會。

* **정말 속상해요.** :
  （你那麼認為）我真的很傷心。

● 為什麼要這樣說？

做作也得適可而止呀……裝成那樣的人還能說**전 솔직한 게 좋아요.**（我喜歡直率）來裝無辜，真是太不舒服了！

自己演技不夠專業，被人家發現其實那一切都是假裝的時候，死不放棄硬是繼續演戲，邊搭配很能博取同情心的表情說**다들 그렇게 오해하시더라구요…….**（大家都那樣誤會），就又瞬間變身成很可憐的人。「大家都這樣誤會我，我真的是清白的呀，你們這樣誤會我真的很難過」，繼續掰說**정말 속상해요.**（我真的很傷心），此話一出想必又不少人被騙了，覺得對你很不好意思。不過如果講話的語氣不太對的話，可是會引起別人的反感喔。

25. 等朋友時最常説的 3 句韓語

1) 빨리 와.：快點來！
bbal li wa

2) 어디쯤이야?：你大約在哪裡？
eo di jjeu mi ya

3) 배 고파 죽겠어!：快餓死了！
bae go pa jook gge sseo

● 會這樣説的原因是……

韓國人因為個性比較急，所以跟朋友約見面的時候，都是在外面等，而且通常習慣約在「某個地方的門口」。為什麼呢？因為在門口等人比較好找，也可以很容易馬上移動到別的地方或吃飯。因此，時間已經到了，可是人還沒到的話，就打電話給那個朋友説**빨리 와.**（快點來！）不過萬一在門口等到快冷死或熱死，可以再打給他説**나 안에서 기다릴게.**（我在裡面等你）。還有，朋友一直説快到了，可是卻連個影子都沒出現，可以問他**어디쯤이야?**（你大約在哪裡？）為什麼沒有直接問**어디야?**（你在哪裡？）因為「你在哪裡？」這樣直接問，好像警察問犯人，也好像是男朋友監督女朋友，所以盡量避免用**어디야?**（你在哪裡？）比較好。最後，一般人如果跟朋友有約，見到面之後通常會立刻去吃飯。所以你跟「又遲到的朋友」説**배 고파 죽겠어!**（快餓死了！）也是理所當然的反應。

✳ 3 句韓語的補充單字 ✳

1) **빨리**：快點

2) **와**：來（原形：**오다**）

3) **어디**：哪裡

4) **쯤**：左右，大約，大概

5) **배 고파**：肚子餓（原形：**배 고프다**）

6) **죽겠어**：快要死了（原形：**죽다**）

● 稍微多學一點點

說**빨리 와**.（快點來！）之後，朋友如果還是沒有到，那你可以跟他說**나 여기 구경하고 있을게**. **도착하면 전화해**.（我先逛這裡一下，你到了之後打電話給我）。一般韓國人可以欣然容忍的遲到時間是 10 ～ 15 分鐘，超過 20 分鐘，就很沒禮貌又讓人很生氣（不過如果真的很好的朋友，等一個小時也沒有什麼關係吧？）所以，你也不用浪費健康細胞。雖然朋友又遲到，但是你趁這個時間也可以逛街，這樣多好！所以先讓朋友放下心，跟他說**천천히 와**, **나 여기 구경하고 있을게**.（慢慢來，我在這裡逛一下）。

* **거의 다 왔어.**：快到了！

* **버스가 늦게 왔어.**：公車太晚來了。

* **안에 들어가서 기다려.**：
  進去裡面等我吧！

● 為什麼要這樣說？

如果你朋友說**거의 다 왔어.**（快到了！）那他一定剛剛才出門，你不要那麼著急，就自己先順便逛一下吧。畢竟換個立場想，當你真的還離約會地點很遠的時候，可以很輕鬆地承認「我還沒到，應該還要很久」這句話嗎？應該沒辦法吧！

然後……韓國跟臺灣的交通工具怎麼會一模一樣呢？每次都這麼晚來，害我等了很久才能坐到公車，而且公車或捷運裡每次都人很擠，上下車都需要很多時間，是不是啊？都是這該死的公車啦……所以啊，解釋的時候就可以說自己不是故意遲到，而是**버스가 늦게 왔어.**（公車太晚來了）。

最後這句**안에 들어가서 기다려.**（進去裡面等我吧）。說這句的朋友真是正直的朋友，直接坦白說，要你進去裡面等比較好。可是萬一你聽到這句，代表可能真的要等很久哦……

PART 3

台灣、韓國很不同的 24 句韓語

26. 看到「暖男」時，你可以這樣讚嘆……

1) 진짜 훈남이다. ：真是暖男呀！
jin jja hoon na mi da

2) 훈훈하다, 훈훈해. ：心很溫暖，真的很溫暖！
hoo noo na da, hoo noo nae

3) 안구 정화 하는 구나. ：我眼球變乾淨了！
an goo jeong hwa ha neun goo na

● 會這樣說的原因是……

最近在韓國很流行的單字是**훈남**（暖男）。**훈남**（暖男）指的是因為做了很好的事，而讓人的心裡感到很溫暖的男生。光是看著他，整個人的情緒跟精神就被治癒了。所以讚嘆説**진짜 훈남이다.**（真是暖男呀！）另外，當我們一直看到讓人覺得不舒服的男生，或是因為上班壓力很大而心情不好，可是看到**훈남**（暖男）就心情變軟了，很溫暖了，這時我們就會説**훈훈하다, 훈훈해.**（心很溫暖，真的很溫暖）。

第三句是年輕人常常説的流行語。因為一直看到讓人覺得不舒服的男生，所以我的眼睛都髒了，這時候突然看到**훈남**（暖男），喔，喔，喔，很辛苦、很累、髒掉的眼睛變乾淨了，我的眼睛好舒服！於是説**안구 정화 하는 구나.**（我眼球變乾淨了）。

✳ 順便學點補充單字 ✳

1) **훈남**：暖男

2) **훈훈하다**：很溫暖，讓人很滿足

3) **안구**：眼球

4) **정화하다**：淨化

● 稍微多學一點點

看到很醜的人覺得很心疼，或者真的不知道該怎麼形容某個人長得不好看的時候，最近很多韓國人會用**안습이다**（眼濕）來形容，「**안습이다**」是**안구에 습기차다**.（我眼球裡充滿了濕氣）的簡化。意思就是看到不好看的人而難過到哭了，整個眼睛充滿了眼淚。比這個還誇張的表達方法是**안폭이다**（眼瀑），也就是**안구에 폭포 내린다**.（我的眼球裡有一座瀑布）的簡化。意思就是看到長相抱歉到令人心疼的外表或臉蛋時，流的眼淚猶如瀑布一樣多，哈哈。

常見的回答

* **내 말이 , 내 말이**……：就是說啊……

* **진짜 끝내준다**……：真的很讚耶……

可以這麼回答

● 為什麼要這樣說？

完全同意對方講話的內容時，中文會說「就是說啊」，韓文中的**내 말이**……
（就是說啊）也是屬於這樣的表現方式。
而當我跟朋友看到了型男，就一邊流著口水一邊發愣，驚嘆**진짜 끝내준**
다……（真的很讚耶）。

$27.$ 在咖啡廳點飲料時，我們可以說⋯⋯

1) 아이스 라떼 한 잔 주세요 . ：給我一杯冰拿鐵。
ice latte han jan joo se yo

2) 얼음 조금만 주세요 . ：我要少冰。
eo reum jo geum man joo se yo

3) 테이크 아웃이요 . ：我要帶走。
take a oo shi yo

會這樣說的原因是⋯⋯

歡迎來到「外來語天堂」！

第一個句子裡，我們要先說「ice latte」，接下來說**한 잔 주세요 .**（給我一杯）。

你要的是摩卡嗎？那先說「mocca」，接下來說**한 잔 주세요 .**（給我一杯）。如

果你要點冰咖啡，那麼先在咖啡名稱前面加三個字**아이스**（冰的），這個字也是外

來語，就是英文的「ice」。如果要熱咖啡呢？那就直接說咖啡名稱吧。

至於第二個句子，這就有點學問了。在韓國，冰塊放多少是沒辦法調整的，

因為幾乎沒有韓國人會去要求「我要少冰、我要多冰」，所以大家也都沒有

這個習慣，店員給什麼就喝什麼。要少冰？飲料來了之後，自己調整就行

啦，感覺起來韓國人很乖吧？哈哈。不過台灣人還是會習慣要調整冰塊，而

且要求也比較複雜，像是去冰、少冰、正常冰、多冰等等。所以要怎麼辦才

好呢？別急，你可以這樣告訴店員：**얼음 조금만 주세요 .** 也就是「只要給我

一點點冰塊」，其實就等於「我要少冰」。最後，因為一般台灣觀光客要逛

的地方太多，行程很匆忙，所以通常會外帶飲料，這時候說**테이크 아웃이**

요 .（我要帶走）就可以囉。

✽ 順便學點補充單字 ✽

1) **아이스 라떼**：冰拿鐵

아이스 아메리카노：冰美式咖啡

아메리카노：美式咖啡

라떼：拿鐵

아이스 카페모카：冰摩卡

카페모카：摩卡

2) **한 잔**：一杯

두 잔：兩杯　**세 잔**：三杯

3) **얼음**：冰塊

● 稍微多學一點點

大家知道嗎？韓國沒有飲料店，只有咖啡店，還有啊，在咖啡店裡用的韓文都是「很難唸的外來語」，大家要做好心理準備喔！

另外，看到這裡，或許有人會問「那甜度呢？甜度要怎麼調整？」嗯，沒辦法耶～在韓國，如果想調整甜度，可以先跟店員説**시럽 넣지 마세요.**（不要加糖），飲料來了之後再去找放糖、放奶精的桌子，按照自己的喜好調整甜度，除此之外沒有其他辦法哦～

常見的回答

* **할인되는 카드 있으세요?** : 有沒有折扣卡?

* **현금영수증 필요하세요?** : 需要統編嗎?

* **옆쪽에서 기다려 주세요.** :
請在旁邊等一下。

可以這麼回答

● 為什麼要這樣說?

當你說：**아이스 라떼 한 잔 주세요.**（給我一杯冰拿鐵）時，店員會馬上問
你這兩句：**할인되는 카드 있으세요?**（有沒有折扣卡?）跟**현금영수증 필**
요하세요?（需要統編嗎?）這兩個問題可以都回答**아니요.**（沒有／不用）。
接著你說：**얼음 조금만 주세요.**（我要少冰）、**테이크 아웃이요.**（我要帶
走），店員會跟你說**옆쪽에서 기다려 주세요.**（請在旁邊等一下）。

*什麼是「**현금영수증**」呢?

「**현금영수증**」是為了證明韓國人民以現金消費所發行的一種收據。當店員詢問且消費者有需要
時，店員便會在特定的機器上輸入消費者的手機號碼，消費者即可拿到一張上面記載個人資訊和
消費明細的收據，也就是「**현금영수증**」。這些金額在每年報稅時，都能也抵免稅額。
在韓國短期停留的外國人是不用報稅的。因此，當你聽到店員問：**현금영수증 필요하세요?** 台灣
遊客只需要簡單回答：**아니요.** 就可以了。

28. 讚嘆別人的外貌時……

1) 세상 혼자 산다.：她獨自活在人間！
se sang hon ja san da

2) 전생에 나라를 구했나봐.：她上輩子應該救過國！
jeon saeng e na ra reul goo haen na bwa

3) 진짜 이기적인 외모다.：真是自私的外貌！
jin jja i gi jeo gin oe mo da

● 會這樣說的原因是……

這三句都是最近很流行的表達方式。一般人看到美女，有羨慕，也有討厭，也有人會感覺到嫉妒。看到她就覺得：她怎麼都不考慮別人呢？光顧著自己一個人那麼漂亮就好了嗎？妳那麼漂亮，我們怎麼活下去啊？很多男生的眼光越來越高啊，真的令人討厭又羨慕！因此很多人說**세상 혼자 산다.**（她獨自活在人間）。

另外，如果某個人漂亮得「很離譜」，大家都會認為她一定是前生做了很多功德，這輩子才會這麼有福氣，擁有讓人讚嘆不已的外貌，韓國人形容這種女生說**전생에 나라를 구했나봐.**（她上輩子應該救過國）。大家都公認全智賢、金泰熙是上輩子救過國的美女。同樣地，韓國人也很常說**진짜 이기적인 외모다.**（真的很自私的外貌），意思是「因為有妳這麼漂亮的人，讓長得普通的一般人變得很辛苦，妳真的很自私！」。

❋ 順便學點補充單字 ❋

1) **세상**：人間

2) **혼자**：一個人，獨自，單獨

3) **산다**：活（原形：**살다**）

4) **전생**：前生（從佛教過來的概念）

5) **나라**：國家

6) **이기적인** + 名詞：很自私的～

7) **외모**：外貌

　　얼굴：臉

● 稍微多學一點點

很多人在讚美某個人的外表的時候，會說**미친 존재감**（要瘋掉的存在感）。意思是她的存在影響到很多人，只要她在大家都會注目她，簡直就是超級厲害的存在感。所以，看綜藝節目的時候常常看到的字幕就是**미친 존재감**（要瘋掉的存在感）。

還有，**전생에 나라를 구했나봐**.（她上輩子應該救過國）的另外一個版本是**할아버지가 독립투사였던 게 틀림없어**（她的阿公一定是獨立鬥士），因為她的祖先為國家做了那麼大的事，晚輩才能得到這麼大的福氣。畢竟現代社會很會以貌取人，漂亮的外貌對女生來說是很大的助力呢！

常見的回答

* **너는 세상 다 같이 살잖아 .** : 你是跟大家一起活在這個人間的啊！

* **우리 할아버지 할머니는 뭐 하신 거야** : 我阿公阿嬤到底做了什麼呀！

可以這麼回答

● 為什麼要這樣說？

세상 혼자 산다 . （她獨自活在人間）的相反就是**너는 세상 다 같이 살잖아 .** （你是跟大家一起活在這個人間的呀），因為我外貌非常普通，很能跟這個社會融合，完全能夠跟大家一起生活。另外，一般韓國人會開玩笑說**우리 할아버지 할머니는 뭐 하신 거야 .** （我阿公阿嬤到底做了什麼呀），意思就是我阿公阿嬤沒有救國或獨立鬥爭之類的貢獻，我才沒有擁有美貌的福氣，這純粹是玩笑話，不是真的抱怨阿公阿嬤喔！

29。看到整形美女時最常偷偷說的 3 句韓語

1) 했네, 했어. : 做了！做了！
haen ne hae sseo

2) 티 난다. : 看得出來～
ti nan da

3) 부자연스러워. : 很不自然耶～
boo ja yeon seu reo wo

● 會這樣說的原因是……

一個人有沒有整形？其實大部分的人都看不出來，當事人如果說自己沒有整形，大家都會相信。所以很多人整形之後就當作沒這回事，但看得出來的人還是看得出來，特別是雙眼皮跟鼻子──因為太不自然啦！有些人會一直假裝自己沒有做，在這樣的狀況下，通常會私下很八卦地說：**했네, 했어.**（做了！做了！）不過，這句話千萬不要在本人面前說喔！另外，如果你已經看出她有整形，可以說**티 난다.**（看得出來），說兩次**티 난다. 티 난다.**（看得出來，看得出來）的話，感覺就會很三八。

而如果碰到一個人整形整得很不自然呢？那就直接說**부자연스러워.**（很不自然耶！）通常跟朋友閒聊到那些有整形的藝人時，常常會用到這三句話。因為其實一般韓國人整形沒那麼誇張，誇張的都是藝人。所以韓國人常常邊看電視劇邊聊說**했네, 했어.**（做了！做了！）、**티 난다.**（看得出來～）、**부자연스러워.**（很不自然耶～），看電視也就變得更有趣了！

✳ 順便學點補充單字 ✳

1) **부자연스러워**：很不自然（原形：**부자연스럽다**）

자연스러워：很自然（原形：**자연스럽다**）

● 稍微多學一點點

這三句話都可以加「副詞」，表現會變得很豐富。例如「**다 했네, 다 했어.**」，다是「都」的意思，所以**했네, 했어.**（做了！做了！）加一個「**다**」，就變成「都做了！都做了！」**티 난다.**（看得出來）也可以加一個副詞**완전**，意思是「完全」，所以**완전 티 난다.** 的意思是「完全看得出來」。還有，**부자연스러워.**（很不自然耶）加一個副詞**너무**（太），就變成**너무 부자연스러워.**（太不自然）。韓文的**너무**（太）是隨時都可以加。例如：**예뻐**（漂亮）加上**너무**（太）後變成**너무 예뻐**（太漂亮）。

常見的回答

＊ **아니야, 아니래~** : 不，聽說不是

＊ **그러네.** : 對耶……

＊ **의사 고소하고 싶겠다.** : 她應該想告醫生吧！

可以這麼回答

● 為什麼要這樣說？

你說**했네, 했어.**（做了！做了！）朋友還是覺得她沒有整形，替她說話**아니야, 아니래~**（不，聽說不是／聽說她沒有整形），此時就表示你朋友對她變有好感的，所以你就不要再批評她了。**그러네.**（對耶）是聽你講了才發現，所以這句是幫腔的時候用的。

最後，**의사 고소하고 싶겠다.**（她應該想告醫生吧！）是「因為整得那麼不自然，表示整形失敗，是不是要告醫生呢？」的意思。這句話有點諷刺的感覺，為什麼會這樣說？因為遇到這麼糟糕的醫生才會變成這麼不自然的樣子，應該會想告醫生吧？一邊這麼想，一邊就這麼說出口啦。

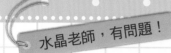

Question:

水晶老師！
韓國的女性真的上大學之前都會整形嗎？
韓國媽媽真的會帶自己的女兒去整形嗎？

Answer:

雖然韓國的整形風氣比台灣普遍許多，但這麼離譜的例子畢竟還是少數。不過如果是割雙眼皮這一類的小手術，在韓國算是一種「治療」而已。

30. 跟朋友喝酒時……

1) 잔 비워. : 乾杯！
jan bi wo

2) 잔 돌려. : （大家用同一個杯子）輪流喝乾。
jan dol ryeo

3) 잔 채워. : 幫他添酒。
jan chae wo

● 會這樣說的原因是……

韓國人非常重視飲酒文化。在韓國喝酒的時候，要注意的事跟被禁止做的事都很多。不過要是我們能夠理解這三句話，就能夠解決很多問題。

首先，**잔 비워**的意思是「把酒杯清空」，就等於「乾杯」。韓國人說**잔 비워**的話，一定要乾杯才行，剩酒是沒禮貌的哦！其次，**잔 돌려**是在你乾杯之後，把空杯給別人，幫他倒滿酒的意思。因為韓國有所謂「退杯換盞」的文化，什麼是「退杯換盞」呢？也就是大家都用同一個杯子輪流喝酒。台灣人會覺得很噁心，也覺得這樣會有感染某種傳染病的危險，但這就是韓國飲酒文化。還好最近的年輕人喝酒不會這麼強迫。最後，**잔 채워**是幫酒杯已經空了的人「倒滿酒」的意思。在韓國，喝酒沒有乾杯，剩下一點點是不禮貌的，別人酒杯已經空的時候，沒有幫他倒酒也是不禮貌的。因此需要這句**잔 채워**（幫他補酒），意思就是給他倒酒一下。

✳ 順便學點補充單字 ✳

1) **잔**：杯

2) **비워**：空出來（原形：**비우다**）

3) **돌려**：轉給別人（原形：**돌리다**）

4) **채워**：填（原形：**채우다**）

● 稍微多學一點點

看到上面的內容，是不是很想問，沒有「隨意喝」這種句子嗎？嗯，沒有。
不好意思，真的沒有。不過想說「隨意喝」的話可以用這句：**천천히 마셔**.
（慢慢喝）。不過，一直要人乾杯、一直倒酒，到底要怎麼「慢慢喝」呢？想
要慢慢喝，當旁邊的人幫你倒酒之後，不要馬上開始喝，不要拿杯子起來，
把酒杯擺在桌上，跟旁邊人聊聊天，這樣就可以慢慢喝囉！

常見的回答

* **잔 비워**．：要乾杯！

* **잔 돌려**．：（大家用同一個杯子）輪流喝乾。

* **잔 채워**．：幫他添酒。

可以這麼回答

● 為什麼要這樣說？

這三句話好像剛剛才看過？沒錯，在喝酒的時候，這三句話常常輪流出現。
例如，你聽到**잔 비워**．（要乾杯）之後，回答「OK, OK!」然後喝光。再跟朋
友說**잔 채워**．（倒酒），你朋友馬上幫你倒酒，之後你立刻說**잔 돌려**．（退
杯換盞），酒杯就不在自己手上啦！

31. 跟朋友聚餐後，要買單時最常說的是……

31. 跟朋友聚餐後，要買單時最常說的是……

1) 이건 내가 낼게요 .：這個我請客。
i geon nae ga nael gge yo

2) 내가 밥 살 테니 니가 커피 사.：我請你吃飯，你請我喝咖啡。
nae ga bap sal te ni, ni ga keo pi sa.

3) 잘 먹었습니다 .：託你的福我都吃飽了，謝謝你。
jal meo geo seum mi da

● 會這樣說的原因是……

在韓國跟朋友吃飯，各付各的機率是百分之五十。韓國人跟熟人一起吃飯的時候，通常都會自己請客，然後跟朋友說「等一下我們喝咖啡的時候你買單吧」。會有這樣的文化，有兩個特別的原因：第一，在韓國，吃飯跟喝杯咖啡的價錢幾乎沒差，一個泡菜鍋是韓幣 5,000 元，一杯 Starbucks 冰拿鐵大杯也差不多 5,000 元，因此可以說「我這次結帳，你等一下結帳」；還有，韓國一般人吃完飯通常都會一起去咖啡廳喝個咖啡，或是買一杯咖啡回來辦公室。這是韓國人的習慣，所以你不用擔心朋友請客之後自己什麼時候能回請這些問題。你等 5 分鐘就有請客的機會哦！來，我們一起大聲說這兩句吧！
「**이건 내가 낼게요 .**（這個我請客）」、「**내가 밥 살 테니 니가 커피 사.**（我請你吃飯，你請我喝咖啡）」。
另外，如果你朋友還沒講「**이건 내가 낼게요 .**（這個我請客）」你可以搶先說「**잘 먹었습니다 .**（託你的福我都吃飽了，謝謝你）」這樣就變成你朋友要請客了，因為你已經跟他道謝，他就不得不請客囉！

✽ 順便學點補充單字 ✽

1) **내가**：我（來）

2) **니가**：你（來）

3) **밥**：飯，餐

4) **커피**：咖啡

● 稍微多學一點點

韓文的「**잘 먹겠습니다**.（託你的福我會好好吃飽／我要開動了）」,「**잘 먹었습니다**.託你的福,我都吃飽了 / 謝謝你請客）」這兩句跟日文的「いただきます（頂きます）」,「ごちそうさまでした（御馳走様）」一樣。吃飯之前跟請客的人說「**잘 먹겠습니다**.」吃飯後跟請客的人說「**잘 먹었습니다**.」給人很有禮貌的感覺,也不用你買單,所以行動要快一點哦!趁大家都還沒講到怎麼結帳的時候,趕快講出來這兩句,你就贏了!另外要注意,這兩句只有一個字不一樣,講話的時候要說清楚一點喔!

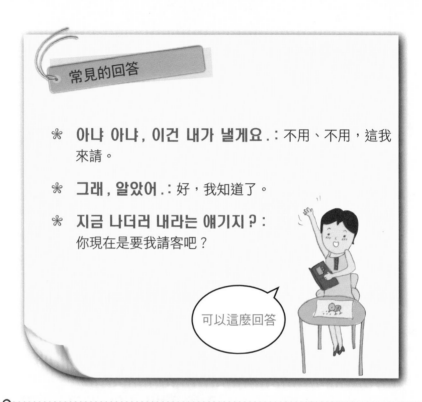

常見的回答

* **아냐 아냐, 이건 내가 낼게요.**：不用、不用，這我來請。

* **그래, 알았어.**：好，我知道了。

* **지금 나더러 내라는 얘기지?**：
  你現在是要我請客吧？

可以這麼回答

● 為什麼要這樣說？

吃完飯之後，若你先說「我要請客」，對方一定會很有禮貌客氣地說**아냐 아냐, 이건 내가 낼게요.**（不用、不用，這我來請）。此時要注意一下他說這句的時候語氣跟表情是如何，如果他用帶著有點生氣的樣子說這句話，就代表他真的要請客，你不要插手；可是如果他沒那麼積極阻止你，只是嘴巴講一講的樣子，就代表他等一下要請你喝咖啡。此時他會說**그래, 알았어.**（好，我知道了）。

不過如果你搶先在對方沒說要請客之前，搶先講了「**잘 먹었습니다**.（託你的福我都吃飽了，謝謝你）很明顯就是你要他請客的意思，所以他會邊笑邊說**지금 나더러 내라는 얘기지**？（你現在是要我請客吧？）

Attention!

在韓國，關於喝酒的禮節相當多，其中特別要注意的是與長輩喝酒的禮節。好比說年輕人跟長輩一起喝酒，長輩給晚輩倒了一杯酒，那是一定要馬上乾杯的。長輩的酒杯空了，就應該立刻給他倒酒才對。

另外，如果你跟長輩坐在同一邊，請一定不要面對長輩喝酒。舉例來說，如果長輩坐在你的右邊，你在喝酒時就要把頭轉到左邊；如果長輩坐在你的對面，那也要側過頭喝酒。如果你是右撇子就往左邊側身，如果你是左撇子，就往右邊側身。這一點吸菸也適用。

為什麼呢？因為對長輩來說，晚輩抽菸喝酒都是比較放肆的行為，如果面對長輩做這些事就太沒禮貌了，所以才需要這樣的回避。

收到！

32. 去韓式三溫暖時，最常說的 3 句韓語

1) 지금 때 밀 수 있어요?：現在可以搓背嗎？
ji geum ddae mil soo i sseo yo

2) 살살해 주세요.：請輕一點。
sal sa rae joo se yo

3) 외국사람이에요.：我是外國人。
oe gook sa ra mi e yo

● 會這樣說的原因是……

韓式三溫暖最大的魅力就是有人幫你搓背，讓你整個身體變得很舒服！不過大多數台灣人覺得這樣太尷尬，大家都不太會去跟三溫暖阿姨說要搓背。可是我強力推薦韓國三溫暖的搓背，你一定會一體驗就停不了。做好心理準備了嗎？那就先搜尋一下「在三溫暖裡面唯一穿衣服的阿姨」，她就是可以幫你搓搓背的人。然後接著問她**지금 때 밀 수 있어요?**（現在可以搓背嗎？）她說可以的話，你就躺在長得很樸素的那張床等她。接著開始搓背囉！啊～～好痛！T-T 那你趕快跟她說**살살해 주세요.**（請輕一點）。最後，一般搓背的阿姨們很喜歡邊聊天邊做工作，所以她會一直跟你聊天，可是你不太聽得懂或不太想要聊天，想要休息一下的話，直接跟她說**외국사람이에요.**（我是外國人）就好。**외국사람이에요.**（我是外國人）就代表了「我不太會講韓文」。

✳ 3 句韓語的補充單字 ✳

1) **지금**：現在，目前
2) **때**：角質
3) **밀다**：搓
4) 動詞 +〔으〕ㄹ **수 있어요?**：可以～嗎？
Ex) **갈 수 있어요?**：可以去嗎？
 먹을 수 있어요? 可以吃嗎？
 볼 수 있어요? 可以看嗎？
5) **살살**：輕輕地
6) **외국**：外國，國外
7) **사람**：人

● 稍微多學一點點

你跟搓背阿姨説**지금 때 밀 수 있어요?**（現在可以搓背嗎？）的時候，如果她已經有客人的話，她會請你先泡湯一下。這時候你一定要先簡單沖或洗澡，再去泡熱湯才對。因為泡完熱湯，才好去角質，搓背阿姨會輕輕地幫你服務。不過如果你覺得她用力不夠多，要強一點的話，就跟她説**좀 빡빡 밀어 주세요**（多用一點力）也可以。可是説這句也有點風險喔！因為一般韓國人從小養成搓背的習慣，他們的「皮」已經習慣了，但是臺灣人沒有這種習慣，所以搓背阿姨們用對韓國人一樣的力氣來幫你搓背的話，效果會不太一樣……

常見的回答

* **탕에 담그고 계세요.**：先泡湯一下。

* **몸 좀 불리고 계세요.**：你泡脹你身體一下

* **일본 분이세요?**：
  你是日本人嗎？

可以這麼回答

● 為什麼要這樣說？

搓背的時候，沒有人一進去三溫暖就馬上要求搓背，一定要先泡湯，讓身體泡脹，你的角質才會不那麼頑固。泡湯是越久越好。而且如果搓背阿姨已經有客人的話，一定會跟你說**탕에 담그고 계세요.**（先泡湯一下）或「**몸 좀 불리고 계세요.**（你泡脹你身體一下）。另外，你已經跟阿姨說我是外國人，可是她還是可能會問你**일본 분이세요?**（你是日本人嗎？）因為日本人很喜歡去韓國搓背，為了服務他們，很多搓背阿姨都可以用日文溝通。所以如果你不太想要聊天，只想搓背的話就跟她說**아니요.**（不是）就 OK!

33. 拍照片時最常說的 3 句韓語

1) 하나, 둘, 셋. : 1、2、3～
ha na, dool, set

2) 김치. : 泡菜～
gim chi~

3) 한 번 더. : 再來一張～
han beon deo.

● 會這樣說的原因是……

「**하나, 둘, 셋.**（1、2、3）」其實不一定要拍照片的時候用，買東西的時候也用得到，數節奏的時候也用得到，真的很好用耶！

還有，西洋人拍照片的時候說「起司」，韓國人說「**김치.**（泡菜）」。因為「**김치.**（泡菜）」的最後一個字「**치**」是有「ㅣ」的發音，發音時嘴唇呈現笑的樣子，這樣露出來的笑容看起來很自然。最後，在韓國，通常幫人拍照的人會主動說「**한 번 더.**（再來一張）」，怕被拍的人不滿意，所以再拍一次比較保險。

✳ 3 句韓語的補充單字 ✳

1) 하나 [한]：一

2) 김치：泡菜

3) 번：次，遍

● 稍微多學一點點

韓文數字有兩種，第一種是純韓文，第二種是漢字語。純韓文就是「**하나，둘，셋.**（1、2、3）」漢字語是台灣人用的「一、二、三、四」的韓文音，我們在這裡簡單介紹一下：

	1	2	3	4	5	6	7	8	9	10
純韓文	하나	둘	셋	넷	다섯	여섯	일곱	여덟	아홉	열
漢字語	일	이	삼	사	오	육	칠	팔	구	십

純韓文數字（**하나、둘、셋**……）用在數東西的時候，像是「一個」、「一張」、「一條」、「一朵」等等。因為我們拍照的時後也算是在數數字，所以會使用純韓文數字**하나，둘，셋**；另一方面，漢字語數字（**일、이、삼**……）則是用於需要表示「號碼」的時候，像是地址幾號、電話號碼、房號等等。

另外，在這裡跟大家介紹一下表達時間（一點～十二點）的說法：

1點	2點	3點	4點	5點	6點	7點	8點	9點	10點	11點	12點
한 시	두 시	세 시	네 시	다섯 시	여섯 시	일곱 시	여덟 시	아홉 시	열 시	열한 시	열두 시

大家有注意到嗎？一到四的數字怎麼不一樣了？這是因為韓語數字一到四若放在量詞前，必須變成**한、두、세、네**喔。

＊ **감사합니다.**：感謝你！

＊ **같이 사진 찍을 수 있어요?**：我們可以一起合照嗎？

＊ **한 번 더 찍어 주세요~**：
請幫我再拍一次～

可以這麼回答

● 為什麼要這樣說？

幫路人或朋友拍完照片，他當然會很禮貌跟你說**감사합니다.**（感謝你！）

韓國人也對外國人很有興趣，特別是會講韓文的外國人，他們覺得很神奇！

所以可能會想要跟你一起合照，有可能跟你說**같이 사진 찍을 수 있어요?**

（我們可以一起合照嗎？）。

最後，萬一幫你拍照片的人反應比較直接，拍一次就要走了，這時跟他有禮

貌地要求一下**한 번 더 찍어 주세요~**（請幫我再拍一次），應該沒有人會拒

絕你喔！

note

note

note

韓國 國立國際教育院

2014 年 6 月官方範例試題正式授權！

由韓語教學名師王清棟、李美林聯手獨家破題解析！
掌握新韓檢考試最新重點三步驟

官方示範考題
完全解析 ╳ 實戰
模擬試題 ╳ 單字
文法
句型總整理

新韓檢中高級 TOPIK 2 試題完全攻略

（附贈「擬真試卷」+ 聽力試題 MP3）

王清棟、李美林／著

定價／ 450 元

新韓檢初級 TOPIK 1 試題完全攻略

（附贈「擬真試卷」+ 單字小冊 + 聽力試題 MP3）

王清棟、李美林／著

定價／ 280 元

韓國年輕人都醬說　這99句韓語，不會怎麼行？/
魯水晶 – 初版 . – 臺北市：日月文化, 2012.7
　　面；15*21cm 公分 . -- （EZ Korea）
　　ISBN 978-986-248-267-4（平裝）
1. 韓語　　2. 韓語學習

803.265　　　　　　　　　　　　101008812

EZ Korea

韓國年輕人都醬說　這 99 句韓語，不會怎麼行？

作　　　　者：魯水晶
編　　　　輯：蔡孟婷、曾晏詩
配 音 老 師：魯水晶、汪　蓓
封 面 設 計：施舜仁
版 型 設 計：施舜仁
內 頁 排 版：健呈電腦排版股份有限公司
插　　　　圖：鄭宇珊

發 行　　人：洪祺祥
副 總 經 理：洪偉傑
副 總 編 輯：曹仲堯
法 律 顧 問：建大法律事務所
財 務 顧 問：高威會計師事務所

出　　　　版：日月文化出版股份有限公司
製　　　　作：EZ 叢書館
地　　　　址：台北市信義路三段 151 號 8 樓
電　　　　話：(02)2708-5509
傳　　　　真：(02)2708-6157
客 服 信 箱：service@heliopolis.com.tw
網　　　　址：www.heliopolis.com.tw
郵 撥 帳 號：19716071 日月文化出版股份有限公司

總 經　　銷：聯合發行股份有限公司
電　　　　話：(02)2917-8022
傳　　　　真：(02)2915-7212

印　　　　刷：禹利電子分色有限公司
初　　　　版：2012 年 7 月
初 版 十 刷：2017 年 12 月
I　S　B　N：978-986-248-267-4
定　　　　價：280 元

日月文化集團
HELIOPOLIS
CULTURE GROUP

感謝您購買　**韓國年輕人都醬說　這99句韓語，不會怎麼行？**

為提供完整服務與快速資訊，請詳細填寫以下資料，傳真至02-2708-6157或免貼郵票寄回，我們將不定期提供您最新資訊及最新優惠。

1. 姓名：＿＿＿＿＿＿＿＿＿＿　　性別：□男　　□女

2. 生日：＿＿＿＿年＿＿＿月＿＿＿日　　職業：＿＿＿＿

3. 電話：（請務必填寫一種聯絡方式）

　（日）＿＿＿＿＿＿＿　（夜）＿＿＿＿＿＿＿　（手機）＿＿＿＿＿＿＿

4. 地址：□□□

5. 電子信箱：＿＿＿＿＿＿＿＿＿＿＿＿＿＿＿＿＿＿＿＿

6. 您從何處購買此書？□＿＿＿＿＿＿縣/市＿＿＿＿＿＿書店/量販超商

　□＿＿＿＿＿＿網路書店　□書展　□郵購　□其他

7. 您何時購買此書？　＿＿年　＿＿月　＿＿日

8. 您購買此書的原因：（可複選）

　□對書的主題有興趣　□作者　□出版社　□工作所需　□生活所需

　□資訊豐富　　□價格合理（若不合理，您覺得合理價格應為＿＿＿＿＿）

　□封面/版面編排　□其他＿＿＿＿＿＿＿＿＿＿＿＿＿＿＿

9. 您從何處得知這本書的消息：　□書店　□網路/電子報　□量販超商　□報紙

　□雜誌　□廣播　□電視　□他人推薦　□其他

10. 您對本書的評價：（1.非常滿意 2.滿意 3.普通 4.不滿意 5.非常不滿意）

　書名＿＿＿＿　內容＿＿＿＿　封面設計＿＿＿＿　版面編排＿＿＿＿　文/譯筆＿＿＿＿

11. 您通常以何種方式購書？□書店　□網路　□傳真訂購　□郵政劃撥　□其他

12. 您最喜歡在何處買書？

　□＿＿＿＿＿＿縣/市＿＿＿＿＿＿書店/量販超商　□網路書店

13. 您希望我們未來出版何種主題的書？＿＿＿＿＿＿＿＿＿＿＿＿＿＿＿＿

14. 您認為本書還須改進的地方？提供我們的建議？

＿＿＿＿＿＿＿＿＿＿＿＿＿＿＿＿＿＿＿＿＿＿＿＿＿＿＿＿

＿＿＿＿＿＿＿＿＿＿＿＿＿＿＿＿＿＿＿＿＿＿＿＿＿＿＿＿

＿＿＿＿＿＿＿＿＿＿＿＿＿＿＿＿＿＿＿＿＿＿＿＿＿＿＿＿

＿＿＿＿＿＿＿＿＿＿＿＿＿＿＿＿＿＿＿＿＿＿＿＿＿＿＿＿